베이스캠프

청소년 소설 _10

베이스캠프

글 현정란

펴낸날 2022년 10월 5일 초판1쇄
펴낸이 김남호│펴낸곳 현북스
출판등록일 2010년 11월 11일│제313-2010-333호
주소 07207 서울시 영등포구 양평로 157, 투웨니퍼스트밸리 801호
전화 02) 3141-7277│팩스 02) 3141-7278
홈페이지 http://www.hyunbooks.co.kr│인스타그램 hyunbooks
ISBN 979-11-5741-342-3 43810

편집장 전은남│책임편집 강지예│디자인 김윤정 디.마인│마케팅 송유근 함지숙

ⓒ 현정란 2022

베이스캠프

현정란

현 북스

| 차례 |

프롤로그

서쪽 하늘이 노을로 물들었다. 검붉은 하늘이었다.

1박 2일 무등산 훈련을 마친 히말라야희망학교 희망원정대 학생 일곱 명이 학교 운동장에 모였다.

준서는 배낭을 깔고 앉았다.

"으으윽."

온몸을 흠뻑 적신 땀 냄새가 훅 올라왔다. 땀 냄새가 싫지는 않았다. 처음으로 뭔가를 해낸 결과처럼 느껴진다고나 할까. 지금 느끼는 기분이 이상하고 어색할 뿐이었다. 준서는 이 묘한 기분을 즐기면서 운동장으로 눈을 돌렸다. 배낭을 베개 삼아 흙바닥에 누운 친구, 의자처럼 깔고 앉아 조는 친구. 연우는 배낭 옆에 기대앉아 있었다.

준서는 연우에게서 눈을 떼지 않았다.

'중도에 포기할 줄 알았는데… 대단해. 힘든 훈련을 다 마치다니……'

자신을 따라 무작정 훈련에 참여한 하연우. 연우가 정말 끝까지 해낼 줄 몰랐다. 연우가 자신도 힘든 상황에서 친구를 돕는 모습을 볼 때마다 괜히 화가 났었다. 욕을 달고 사는 천태호나, 푼수처럼 넉살 좋은 허봉남, 자신의 존재감을 애써 감추려는 진시후에게 말을 걸 때는 질투가 나기도 했다. 모든 것에 까칠하면서 찬바람을 쌩쌩 날리는 배은서와 무슨 생각을 하고 있는지 알 수 없는 정소하가 연우를 차갑게 대할 때면 욕해 주고 싶은 것을 겨우 참았다.

6개월 동안의 훈련이 모두 끝났다. 훈련을 시작할 때는 너무 힘들어서 도망가고 싶었지만, 시간이 지날수록 견딜 만했다. 준서는 몸과 마음이 단련되었기 때문인지도 모른다고 생각하며 하늘을 올려다봤다. 붉은 해는 석양을 재촉하고 있었다. 9월 중순인데도 한여름처럼 무더웠다. 땀에 찌든 옷이 끈적거렸다. 온몸이 소금에 절인 배추 같았다.

준서는 배낭에 기대앉았다. 주머니에서 휴대폰을 꺼내 '안나푸르나'를 검색했다. 처음에는 무관심하게, 훈련할수록 관심이 생겨 열 번 넘게 찾아봤던 최종 목적지다. 안나푸르나에 대한 글과 사진을 손으로 터치하며 쭉쭉 내렸다. 거의 다 봤던 내용이었다. 그때 처음 보는 글이 눈에 들어왔다. 클릭했다.

  네팔의 히말라야 중부에 있는 연봉. 안나푸르나는 산스크리트어로 '가득한 음식'을 뜻하며, '수확의 여신'이라 불리는 안나푸르나 여신의 이름이기도 하다.

  "수확의 여신이라고? 8,091미터 산이 수확의 여신이라니 뭔 귀신 씻나락 까먹는 소리야?"
  준서는 중얼거렸다.
  "최준서, 뭐 해?"
  고개를 돌렸다. 연우였다.
  "뭐야?"
  연우는 휴대폰을 내려다봤다. 햇빛을 받은 하얀 설산 봉우리, 우뚝 솟아오른 커다란 봉우리가 화면을 가득 채우고 있었다.
  "안나푸르나잖아. 언제 봐도 멋있지? 우리가 안나푸르나를 간다는 게 믿어져?"
  "뭐가 멋있냐? 차가운 눈산에 가려고 생고생하는데……."
  준서는 마음과는 다르게 나오는 말을 자신도 어쩌지 못했다. 준서의 퉁명스러운 말에도 아랑곳없이 연우는 화면을 내려다보며 글자를 읽어 내려갔다.

네팔 중북부에 자리 잡은 히말라야산맥의 산지. 칼리간다키강 유역과 마르샹디강 유역 사이에서 48킬로미터에 걸쳐 능선을 이루고 있다. 히말라야 14좌 중 하나인 해발 8,091미터의 제1봉은 세계에서 열 번째로 높은 산이다. 안나푸르나는 1950년도에 인류 첫 등정이 이루어졌으며, 또한 인류가 최초로 정복한 히말라야 봉우리로도 알려져 있다.

"역시 안나푸르나는 대단해."

연우는 운동장 바닥에 몸을 맡기고 있는 친구들에게 물었다.

"너희들, 인류가 최초로 정복한 히말라야 봉우리에 우리가 간다는 게 믿어지니? 이번 여정은 우리에게 색다른 모험이 될 거 같지? 그치?"

"안나푸르나가 인류가 최초로 정복한 히말라야 봉우리라고? 난 그런 말 못 봤는데."

봉남이 연우 옆으로 다가왔다.

"여기 봐. 안나푸르나, 인류가 최초로 정복한 히말라야 봉우리라고 적혀 있어."

연우가 설산이 있는 휴대폰 화면을 가리켰다. 우뚝 솟아 있는 하얀 봉우리가 봉남의 눈에 들어올 찰나, 화면이 바뀌었다. 준서는 휴대폰을 주머니에 집어넣었다.

"네 폰 봐!"

준서 목소리는 짧으면서 단호했다. 봉남의 얼굴이 붉어졌다.

"…내 폰, 어딨더라."

봉남이 자신의 배낭을 찾으려고 허둥대고 있을 때 기영우 선생의 목소리가 들렸다.

"애들아, 교장 선생님께서 오신다. 모두 일어서자."

"힘들어 죽겠는데, 왜 우리가 일어나야 해요?"

은서가 기영우 선생을 보며 불만스러운 듯 물었다.

"씨발, 힘들어 죽겠다고요."

태호는 누운 채 중얼거렸다. 시후와 소하는 흙 묻은 엉덩이를 털며 조용히 일어섰다.

"이제 마무리하고 집에 가서 푹 쉬어야지. 나도 빨리 집에 가고 싶다."

"에이씨, 난 여기서 푹 쉴래요."

태호는 몸을 틀고 잔뜩 웅크렸다.

"천태호, 굼벵이로 변신하지 말고 그만 일어서지. 다른 친구들도 집에 가고 싶어 하잖아."

태호는 자리에서 벌떡 일어섰다. 그러고는 친구들을 둘러봤다.

"씨발, 집에 가 봐야 잔소리만 들을 건데 너희는 집에 가고 싶어?"

"가고 싶다. 왜?"

준서는 눈살을 꼿꼿이 세우고 태호를 노려봤다. 그때 김홍빈 대장과 김지현 선생을 앞세운 교장 선생님이 운동장으로 걸어왔다. 교장 선생님은 온화한 미소를 띠며 어정쩡하게 서 있는 친구들에게 물었다.

"다들 1박 2일 동안 훈련하느라 고생 많았지요?"

"빨리 집에 가고 싶어요."

은서의 피곤한 목소리에 교장 선생님은 콧등을 만지작거리면서 학생들을 둘러봤다.

"아무 사고 없이 훈련을 잘 끝내 준 여러분이 참 대견스럽습니다. 인간은 역경을 통해 성장하는 놀라운 힘을 지닌 존재예요. 여러분이 바로 그런 내면의 힘을 보여 준 주인공들입니다. 장장 6개월 동안 달마산을 시작으로 지리산 천왕봉까지 총 8회에 걸친 힘든 등반 훈련을 아무 사고 없이 무사히 잘 마쳤습니다. 넘어져도 다시 일어서는 오뚝이처럼 여러분 자신을 믿었기 때문에 해낼 수 있었습니다. 앞으로 여러분에게 어떤 역경이 닥쳐와도 새로운 변화의 기회로 삼을 거라고 믿습니다. 세계에서 가장 높은 히말라야 산맥의 열 번째 봉우리인 안나푸르나의 베이스캠프에 도전하는 것은 자신의 인생에서 가장 의미 있는 경험이 될 것입니다. 여러분, 모두 한 사람도 낙오하지 않고 안나푸르나 베이스캠프까지 꼭 완주하기를 바랍니다."

교장 선생님은 따뜻한 눈빛으로 학생들을 바라봤다.

"이제 끝났지요?"

"집에 가도 되죠?"

친구들의 말에 교장 선생님은 입꼬리를 살짝 올리며 대답했다.

"모두 고생했어요. 집에 가서 푹 쉬세요."

준서가 재빨리 배낭을 메자 다른 친구들도 서둘러 배낭을 짊어졌다.

서쪽 하늘 산등성이 너머로 사라지는 붉은 해를 따라 배낭을 짊어진 친구들이 하나, 둘 교문을 빠져나갔다.

어둠이 서서히 학교 운동장으로 내려앉았다.

모든 것은 하나로 연결되어 있다

포카라(820미터) → 지누단다(1,780미터)

"씨발. 완전 똥차네, 똥차! 에이, 퉤!"

태호는 차창 밖으로 침을 뱉었다.

"똥차가 뭐냐? 안 그래도 속 울렁거려 죽겠는데……."

봉남이 태호 말을 받아쳤다.

"뭐?"

태호의 칼날 같은 눈이 봉남에게 꽂혔다. 태호를 화나게 하려고 했던 것은 아니었다. 봉남은 얼른 태호의 눈길을 피해 시선을 옮겼다. 준서의 뒤통수가 봉남의 눈에 들어왔다. 짧게 깎은 머리카락이 밤송이처럼 빳빳했다.

'최준서, 친해지고 싶은 녀석인데…….'

준서의 기에 눌려 제대로 이야기를 건넨 적이 없었다. 봉남은 다시 고개를 살짝 돌렸다. 진시후. 무표정한 얼굴, 음산한 그늘을 가진 녀석이었다. 친구들은 시후의 그런 그늘이 자신에게 전염될까 봐 가까이 다가가기를 꺼렸다. 봉남은 눈꼬리를 슬쩍 들어 올렸다.

'재수 없는 놈.'

그때 지프차가 덜컹거렸다.

"에이씨!"

봉남은 손잡이를 잡으면서 반대편 창밖을 바라봤다. 바퀴가 닿을 때마다 희뿌연 먼지가 휘날렸다. 포장되지 않은 흙길이 끝없이 이어졌다. 보이는 거라곤 나무와 풀, 돌뿐이었다.

지프차는 흙이 움푹 파이고, 돌멩이가 널려 있는 비포장도로를 달리고, 달리고, 계속 달렸다. 일행의 몸은 좌우, 상하로 흔들흔들, 들썩들썩 제멋대로 움직였다.

"씨발! 또, 돌이잖아!"

창밖으로 고개를 내민 태호 목소리였다. 커다란 돌에 바퀴가 닿은 지프차가 위로 치솟으면서 태호 머리가 차 천장에 부딪혔다.

쿵.

태호는 중심을 잃고 맞은편에 앉은 준서를 덮쳤다. 준서가 태호를 밀어냈다.

"이게, 죽고 싶어 환장했나!"

태호는 럭비공처럼 반대편 의자 위로 폭 쓰러졌다.

"내가 일부러 그랬냐? 차가 제멋대로 쿵쾅거리는데… 씨발."

태호는 재빨리 몸을 일으켰다. 그때 차가 다시 왼쪽으로 덜커덩 기울었다. 태호는 제멋대로 움직이는 차 때문에 중심을 잡을 수가 없었다. 그때 옆에 앉은 봉남이 태호 몸을 잡았다.

"씨발, 치워라!"

태호가 손을 뿌리쳤다.

'이씨, 잡아 줘도 문제네.'

봉남의 입꼬리가 어색하게 올라갔다. 찰나였다. 태호가 봉남을 본 것은.

"씨발, 너, 게이냐? 왜, 웃어?"

태호가 소리를 질렀다. 둔탁하면서 날카로웠다. 봉남의 얼굴이 돌덩이처럼 굳어졌다.

"이 녀석이 보자 보자 하니까 못 하는 소리가 없어!"

뒷자리에 있던 기영우 선생이 태호 머리를 탁! 쳤다.

"씨이, 왜 때려요? 선생님이 폭력 써도 돼요?"

"뭐? 폭력? 그래 폭력이다. 왜, 신고할래? 인마, 친구한테 게이가 뭐냐? 게이가!"

태호가 봉남을 향해 소리쳤다.

"씨발, 저 녀석이 실실 웃잖아요!"

"인마, 웃으면 다 게이냐?"

"태호, 저 자슥 꼭 학교 때, 네 모습 같지 않냐?"

맨 앞자리에 앉은 김홍빈 대장이 몸을 돌리더니 기영우 선생을 봤다.

"김 대장, '씨발'을 입에 달고 사는 녀석과 내가 어디가 같다고 그러냐?"

"에이씨, 내가 어딜 봐서 선생님과 같다는 거예요? 현빈이면 몰라도."

태호가 머리카락을 쓸어 넘겼다. 기영우 선생은 어이없다는 듯 피식 웃었다.

"천태호, 현빈이 화내겠다. 귀신 씻나락 까먹는 소리 한다고."

"에이씨!"

그때였다. 지프차가 붕 뜨는가 싶더니 내려앉으며 커다란 소리를 냈다.

투둥!

"씨발!"

태호는 습관처럼 욕을 툭 내뱉었다. 지프차는 여전히 덜커덩덜커덩 제멋대로 움직였다.

기영우 선생은 준서를 슬쩍 봤다. 차 안에서 일어나는 일에는 관심 없다는 듯 흔들리는 차에 몸을 맡기고 있었다. 준서는 시한폭탄이었다. 언제 어디서 터질지 모르는 시한폭탄.

란드룩으로 향하는 지프차는 한 시간 넘게 달리고 있었다.

준서는 딴생각 중이었다.

할머니 눈에 고인 눈물이 머릿속에서 떠나지 않았다. 준서가 담배를 피우다가 걸렸을 때도, 친구를 때려서 학교에 불려 갔을 때도, 오토바이를 훔쳐 타다가 사고를 냈을 때도, 경찰서 유치장에 갇혀 있을 때도, 할머니는 눈물을 흘린 적이 없었다.

네팔로 가기 위해 인천공항행 리무진 버스에 오르려고 하는 준서를 할머니가 불렀다.

"준서야."

준서는 며칠 전부터 걱정하던 할머니 때문에 짜증이 나 있었다.

"또, 왜요? 내가 어린애예요? 걱정 그만하시라고요!"

준서는 할머니에게 소리를 꽥 질렀다. 할머니는 그러거나 말거나 준서 손을 꼭 잡았다. 할머니 눈이 빨갛게 물들었다. 준서는 움찔 놀랐지만 내색하지 않았다. 손을 빼려고 힘을 줄수록 주름투성이 투박한 할머니 손에는 힘이 더 들어갔다.

"내가 미안혀서 그려."

"뭐가 미안해요!"

준서는 할머니 손을 휙 뿌리쳤다. 할머니가 중심을 잃은 듯 휘청거리자 재빨리 할머니 몸을 붙잡았다. 할머니는 다시 준서 손을 잡았다.

"이 할미가 기다리고 있응게. 건강하게 돌아와야 헌다."

"할머니, 걱정하지 않으셔도 됩니다. 제가 할머니 앞에 턱 하니 데려다 놓겠습니다. 최준서, 빨리 타."

기영우 선생이 재촉했다. 준서는 쇳덩이를 매단 듯 무거운 발걸음으로 버스에 올랐다.

준서는 슬쩍 창밖을 내다봤다. 쭈글쭈글 주름진 손을 흔드는 할머니가 눈에 들어오자 고개를 돌려 버렸다.

'에이씨.'

준서는 할머니 생각에서 빠져나오기 위해 눈길을 돌렸다. 뒤따라오는 차가 눈에 들어왔다. 여학생들이 탄 차였다. 연우 머리가 보였다.

연우와는 중학교 1학년 때부터 3학년 때까지 같은 반이었다. 밀어낼수록 더 가까이 다가오는 친구였다. 가끔은 연우에게 기대고 싶은 생각이 들기도 했지만 그럴 때마다 마음을 다잡았다. 다시 상처받기 싫었기 때문이었다. 준서는 연우가 부담스러운 만큼 냉정하게 대했다. 하지만 연우는 포기할 줄 몰랐다. 연우가 히말라야희망학교 희망원정대에 합류한 이유도 자신과 함께할 수 있기 때문이라는 것을 준서는 잘 알고 있었다.

지프차는 뽀얀 흙먼지를 일으키면서 계속 달렸다. 연우와 친구들, 그리고 김지현 선생의 몸이 이리저리 제멋대로 흔들리고 있었지만 다들 웃는 얼굴이었다. 그때였다. 연우가 몸을 틀었다. 순간 준서와 눈이 마주쳤다. 준서는 당황한 듯 고개를 돌렸다. 얼굴이 화 달아올랐다.

'에이, 씨발. 왜 사서 고생이야.'

준서는 연우에 대한 생각을 머릿속에서 지웠다.

란드룩 마을이 보일 때였다. 차창 밖으로 시골 풍경, 언덕 위 밭이 눈에 들어왔다. 녹색 잎이 빽빽이 늘어서 있었다. 이름을 알 수 없는 채소였다. 장흥보다도 더 깊은 산골이었다. 손바닥만 한 밭에 온갖 채소를 심어 시장에 내다 파는 주름투성이 할머니 얼굴이 다시 떠올랐다.

'에이씨, 잘 있겠지?'

준서는 할머니 얼굴을 지우려고 고개를 흔들었다. 그때 점심으로 먹은 비빔밥이 목구멍에서 올라왔다. 손으로 입을 막았다.

"차, 차 멈춰요!"

봉남이었다.

차가 멈추었다. 봉남이 뛰쳐나갔다. 준서도 차에서 뛰어내렸다. 숨을 길게 내뿜었다. 살 것 같았다. 손목시계를 봤다. 1시간 22분 동안 달렸다.

"웩, 으웨웩, 으웩."

봉남은 점심으로 먹은 비빔밥을 모두 게워 냈다.

"씨발, 냄새 한번 쥑이네."

태호가 침을 퉤 뱉었다.

"천태호! 씨발 씨발 좀 그만하자."

김지현 선생이 얼굴을 찡그렸다.

"씨발, 왜요?"

"듣는 사람 엄청 기분 나쁘거든. 나도 씨발 씨발 해 볼까? 씨발!"

김지현 선생은 '씨발!'에 힘을 주었다. 태호는 멍한 표정으로 김지현 선생을 봤다.

"왜? 내 얼굴에 뭐 묻었니?"

김지현 선생은 태호 앞에 자신의 얼굴을 디밀었다.

"아, 아뇨."

태호 얼굴이 잘 익은 사과처럼 빨갛게 달아올랐다.

'선생이 나쁜 말 써도 되나? 씨발.'

태호는 흙바닥에 있는 돌멩이를 뻥 찼다.

희망원정대에서 김지현 선생은 인기가 좋았다. 짧은 커트 머리, 커다란 눈, 웃을 때면 보조개가 살짝 들어가는 표정이 귀엽다. 특히 청바지에 헐렁한 티가 잘 어울렸다. 학생들이 말썽을 부려 파출소에 붙잡혀 있을 때면 자기 잘못이라고, 학생들을 잘못 가르친 자신을 처벌해 달라고 했다. 그런 김지현 선생을 학생들은 좋아했다. 그런데 백팔십도로 변한 모습이 낯설었다.

태호는 옆에 서 있는 시후 어깨를 툭 쳤다.

"씨발, 김지현 선생 맞냐?"

속이 울렁거리는 것을 겨우 참고 있던 시후가 태호를 봤다. 한 번도 자신에게 말을 건 적이 없는 친구였다.

"씨발, 뭘 그렇게 뚫어지게 봐? 김지현 선생 맞냐니까?"

시후는 고개를 끄덕였다.

"에이씨, 물어본 내가 바보지."

태호는 미간을 잔뜩 찡그렸다.

"씨발."

태호는 하늘을 올려다봤다. 하늘은 파란색 물감을 뿌려 놓은 것처럼 청명했다.

"에이씨, 하늘은 왜 저렇게 깨끗한 거야."

태호는 주변을 둘러봤다. 허름한 상가, 개울물 주변에 모여 있는 엄마들은 흙먼지 속에서 식기를 씻고 빨래를 하고 있었다. 그 주변을 맨발인 아이들이 뛰어다니고 있었다.

은서는 얼굴을 찡그렸다. 아이들 발바닥에 세균이 득실거리는 것만 같았다. 소하는 작은 스케치북을 꺼내 그림을 그렸다.

그때 김홍빈 대장이 네팔 사람을 데리고 왔다. 여섯 명이었다.

"야들아, 안나푸르나 베이스캠프까지 같이 가믄서 도와줄 포터와 쿡이여. 인사혀라이. 여기는 포터인 차키와 키자, 쿠이, 반티야고 이짝은 쿡인 카람과 카람의 조수인 타밍이여. 포터들은 우리 짐을 날라 줄 것이고, 카람과 타밍은 느그들에게 맛난 음식을 만들어 줄 것이여."

포터와 쿡 들은 일행을 보며 하얀 이빨을 드러내고 웃었다.

"안녕하세요."

제일 어려 보이는 타밍이 한국말로 인사했다.

"타밍이 몇 살인 줄 아냐? 열일곱 살이여. 느그들보다 한 살 어리당께. 한국말도 제법 할 줄 아니께, 궁금한 건 물어봐도 될 것이다."

기영우 선생이 포터와 쿡 들을 향해 인사했다.

"잘 부탁드립니다."

학생들도 꾸벅 고개를 숙였다. 호기심이 가득한 얼굴로.

김홍빈 대장의 손목시계가 오후 4시 21분을 가리키고 있었다. 김홍빈 대장은 기영우 선생에게 물었다.

"힘들어도 지누단다 로지까진 가야겠제?"

태호는 김홍빈 대장을 봤다. 일전에 로지는 숙소 같은 곳이라고 들었던 기억이 떠올랐다.

"4시 넘었는데…?"

기영우 선생이 서쪽 하늘을 봤다. 황금빛 해가 서쪽 하늘로 향하고 있었다.

"길이 험하지 않응께 걷는 덴 문제 없어. 오늘 지누단다 로지에서 자야 일정에 수월할 거 같지 않컸냐? 김지현 선생, 안긍가?"

김홍빈 대장은 대학 산악부 후배인 김지현 선생에게 물었다.

"대장이 결정해야죠. 뭐, 지누단다까진 길이 좋으니까, 쟤네들은 충분히 걸을 수 있을 거예요. 달밤에 출렁거리는 뉴브리지를 건너는 것도 괜찮겠네요."

김지현 선생은 김홍빈 대장을 보며 엄지손가락을 치켜세웠다.

"그렇긴 해. 월출산에서도, 지리산에서도 야간산행을 해 봤으니까, 문제 될 건 없지. 히말라야에서 야간산행을 해 보는 것도 괜찮을 거야."

기영우 선생이 태호를 보며 씩 웃었다.

"씨발, 여기까지 와서 야간산행을 왜 해요?"

태호가 소리쳤다.

"밤에 출렁다리 건너는 긴장감이 얼마나 짜릿한지 아니? 이런 경험, 아무나 못 하는 거야."

김지현 선생이 태호를 보며 엄지손가락을 들어 보였다.

"씨발, 이거 완전히 속았다니까. 나, 돌아갈래."

태호가 돌아섰다. 그때 김홍빈 대장이 일행을 보며 말했다.

"야들아, 이제 출발할 것인께 배낭 챙기자이."

"애들아, 대장님이 출발하잖다."

기영우 선생이 학생들을 향해 소리쳤다. 학생들은 야간산행을 한다는 말에 구시렁거렸다.

커다란 카고백을 짊어진 여섯 사람이 출발했다. 학생들보다 항상 먼저 출발하는 네 명의 포터와 쿡인 카람 그리고 타밍이었다.

김홍빈 대장과 기영우 선생은 고향 친구다. 기영우 선생의 부탁으로 히말라야희망학교 희망원정대 대장을 맡았다.

김홍빈 대장은 히말라야 14좌 완등을 목표로 하고 있었다. 히말라야 13좌 등정을 끝내고 마지막 남은 봉우리인 8,047미터 브로드피크를 등정하기 위해 1년 전부터 계획을 세워 훈련하고 있었다.

10개월 전, 기영우 선생이 히말라야희망학교 희망원정대를 만들고 팀을 꾸리기 위해 김홍빈 대장을 찾아왔다. 기영우 선생에게서 희망원정대 이야기를 들었을 때 김홍빈 대장은 잠시 망설였다. 브로드피크 등정 계획을 세운 시기와 같았기 때문이다.

산은 항상 같은 곳에 있다. 마음만 먹으면 언제든지 오를 수 있다. 하지만 학생들에게는 학창 시절이 두 번 다시 찾아오지 않는다. 그 시기에 맛볼 수 있는 경험의 기회를 놓치면 다신 오지 않는다는 것을 잘 아는 김홍빈 대장은 브로드피크원정대 일정을 1년 뒤로 미뤘다. 함께 원정을 떠나기로 했던 네 명의 대원도 김홍빈 대장의 생각에 응원을 보냈다.

김홍빈 대장은 자기 세계에 갇혀 있는 천방지축 청소년들이 모인 '희망원정대'와 함께하기로 했다. 그는 7개월 동안 학생들에게 산에 대해, 등산에 대해 기초부터 가르쳤다. 기초 교육을 끝낸 후, 한 달에 한 번씩 산행하며 학생들을 알아 갔다.

김홍빈 대장은 1991년 북미 최고봉 데날리 단독등반 중 동상으로 열 손가락을 모두 잃었다. 그 후 방황했다. 삶의 희망을 잃었다는 생각에 자살도 생각했다. 엉망이 된 자신의 삶 때문에 술독에 빠져 살기도 했다. 혼자서는 밥을 먹을 수도, 옷을 입을 수도 없는 자신이 미워서 2년간 절망에 빠져 스스로 삶을 포기하고 돌보지 않았다.

그런 자신을 다시 산에 오르게 했던 사람은 김홍빈 대장이 잘 따랐던 대학 산악부 형이었다. 똘배처럼 작고 똘똘한 형을 똘배 형이라고 불렀다. 똘배 형이 김홍빈 대장을 무등산으로 끌고 갔다. 무등산을 오르면서 김홍빈 대장에게 다시 산을 오르라고 했다. 산을 오르다 보면 다시 희망이 보일 거라고. 그 후 김홍빈 대장은 산을 오르기 시작했다. 그러면서 다시 꿈을 꾸게 되었고, 그 꿈과 함께 희망을 보게 되었다.

김홍빈 대장은 히말라야 최고봉 열 개를 완등했다. 열한 번째 봉우리를 오를 계획을 세우고 있을 때 희망학교 청소년들에 관한 기사를 보게 되었다. 김홍빈 대장은 자신이 방황하던 시절을 떠올리며 희망학교 청소년들에게 눈길을 돌렸다. 청소년 쉼터를 찾아가 아이들을 만났고, 자신의 경험담을 들려주었다. 산에도 데리고 다녔다.

김홍빈 대장은 잘난 사람이든, 못난 사람이든 모든 사람은 똑같다고 생각했다. 엄마 배에서 나와 '으앙' 하고 첫울음을 터뜨릴 때는 누구나 착하고 천진난만하다고, 사람은 자신이 자란 환경에 의해서 변한다고, 그 환경을 바꿔 준다면 다시 본래의 자기 모습으로 돌아갈 수 있다고 믿었다. 그랬기에 기영우 선생이 희망학교 학생들에게 뭔가 색다른 경험을 맛보게 해 주고 싶다고 했을 때, 그 색다른 경험이 안나푸르나 베이스캠프까지 도전하는 것이라고 했을 때, 흔쾌히 함께 하겠다고 했다.

'히말라야희망학교 희망원정대'라는 이름으로 학생을 모집했다. 한 달 만에 서른 명의 청소년이 신청했다. 학생들과 상담하고 프로그램을 진행하면서 한 달에 한 번 산행했다. 달마산을 시작으로 두륜산, 월출산, 백운산, 그리고 마지막으로 지리산 산행을 했다. 1박 2일간 지리산을 걸었다. 정해진 시간 안에 구례 토지초등학교에 도착한 일곱 명의 학생들을 데리고 히말라야에 왔다.

일곱 명의 학생들은 저마다 개성이 강했다. 제각각이었다. 개개인의 특성은 인정해 주었지만 서로는 쉽게 친해지지 않았다. 욕을 달고 사는 천태호, 살아가는 데는 무조건 힘이 필요하다고 생각하는 최준서, 혼자만의 세계에 갇혀 있는 진시후, 정체성 혼란에 빠진 허봉남, 1등만 살아남을 수 있다는 엄마의 압박감에 시달리는 배은서, 이기적인 부모에게 역겨움을 느끼는 정소하, 최준서 바라기인 하연우. 그들은 자신도 모르는 사이에 서로의 세계를 인정해 주면서 조금씩, 아주 조금씩 거리를 좁히고 있었다.

히말라야는 10월이면 빨리 어두워진다. 검붉은 구름이 하늘을 덮는 사이에 어둠은 재빨리 내려앉는다.

"씨발, 완전 피곤하다고요!"

둔탁하면서 짜증이 잔뜩 섞인 목소리. 태호다.

"완전 녹초가 됐어요. 더는 걸을 수 없다고요."

봉남이 태호 말에 맞장구쳤다.

"씨발, 말 한번 잘하네. 완전 녹다운됐다고요!"

태호가 봉남을 보며 엄지손가락을 치켜세웠다. 봉남은 검은 눈동자를 한 바퀴 돌렸다. 언제 어떻게 변할지 모르는 태호를 경계하는 눈놀림이다.

"너희 둘은 어째 이럴 때만 손발이 척척 잘 맞니?"

김지현 선생이 두 친구를 보며 눈을 흘겼다.

태호는 배낭 옆에 철퍼덕 퍼질러 앉아 소리를 질렀다.

"씨발, 내가 언제요? 저 녀석, 정말 싫거든요!"

"천태호, 거기 앉아 있을 거여? 우린 출발한다."

김홍빈 대장이 앞장섰다. 그 뒤를 준서가 따랐다.

준서는 7개월 동안 훈련하면서 김홍빈 대장의 성격을 파악했다. 김홍빈 대장은 부드러운 듯하지만 냉정했고, 냉정한 듯하면서 부드러웠다. 자신이 결정한 일에 대해서는 황소고집이었다. 절대 번복하는 일이 없다. 책임감도 강했다. 준서는 그런 김홍빈 대장을 좋아했지만 내색하진 않았다.

"씨발, 저 녀석은 왜 따라가는 거야!"

태호는 준서가 걸어가는 것을 보고 투덜거렸다.

"우리도 갈 거야."

김지현 선생도 일어섰다.

은서와 소하가 김지현 선생을 뒤따라 걷기 시작했다. 은서는 투덜거리는 태호가 싫어서, 소하는 지프차 안에서 시달린 몸을 풀어 주고 싶어서.

연우가 준서 옆으로 쪼르르 달려갔다. 봉남과 시후도 기영우 선생 옆에 따라붙었다.

"씨발!"

태호는 몸을 일으켰다.

"씨발, 의리라곤 하나도 없는 것들."

태호는 시부렁거리면서 일행 사이에 끼었다.

준서는 높은 산 뒤로 넘어가는 붉은 해를 보며 걷는 것이 좋았다. 지리산에서의 저녁 산행을 잊을 수가 없다. 산봉우리에 걸린 붉은 해는 그 어디에서도 볼 수 없는 멋진 장관을 이루었다.

히말라야의 붉은 해도 아름다웠다. 준서는 숨을 깊게 들이마셨다. 히말라야의 차가운 바람이 목덜미를 타고 옷 안으로 쓱 들어왔다. 시원했다. 혼자 남았을 때 느꼈던 무서운 기분을 몰아낼 수 있었다.

엄마가 돌아가셨을 때, 무서움은 불안감으로 바뀌었고 불안감은 폭력으로 바뀌었다. 폭력을 쓰지 않으면 뭔가 불안했다. 그런데 산을 오르면서 땀을 뻘뻘 흘리고, 숨을 헉헉 몰아쉬면서 그 불안감은 사그라졌다.

이제는 폭력을 쓰지 않아도 불안하지 않았다.

"최준서, 걸을 만하냐?"

김홍빈 대장이 물었다.

"네."

준서의 대답은 짧았다.

"지누단다까지는 평지라서 걷기 편할 것이다."

'뭐, 걷기 편하다고?'

준서는 편하게 걸으려고 히말라야에 온 것이 아니다. 히말라야가 얼마나 힘든 곳인지, 자신의 몸에서 얼마나 많은 땀을 흘리게 하는지, 자신의 목구멍에서 거친 숨을 얼마나 많이 뿜어내게 하는지를 알고 싶어서 온 것이다.

"내일부턴 마음 단단히 챙겨 묵어라. 오르막이 장난 아닌께."

'그래서 온 거라니까요.'

준서는 지리산을 종주할 때처럼 숨이 턱까지 차오르는 고통보다 더한 것을 느끼고 싶어 속도를 내려고 했다. 그때마다 김홍빈 대장이 붙잡았다.

"천천히 걸어야. 그렇게 빨리 걸으믄 고소 온당께."

준서는 천천히, 천천히 걸으려고 발을 붙잡곤 했다.

히말라야의 어둠은 빨리 찾아왔다. 김홍빈 대장은 걸음을 멈추었다.

"모두 헤드랜턴 꺼내라이."

일행은 배낭에서 헤드랜턴을 꺼냈다. 파란 색깔 헤드랜턴이다. 랜턴 불을 켜고 머리에 썼다. 하얀 불빛이 어둠 속에서 반짝였다.

"자, 출발하자!"

김홍빈 대장의 목소리가 힘찼다.

모두 걷기 시작했다. 열 개의 불빛이 어둠 속에서 움직였다. 어둠은 순식간에 산과 그 주변의 모든 것을 삼켜 버렸다. 일행은 주변을 둘러볼 겨를도 없이 불빛이 비치는 발끝을 보며 걷는 데 집중했다. 숨소리, 발걸음 소리에서 긴장감이 흘렀다. 시끄럽게 지껄여 대던 태호도 말없이 걷기만 했다. 일행은 앞사람의 보폭과 발자국에 걸음을 맞췄다. 걷는 곳이 어디쯤인지, 얼마나 더 가야 하는지 알 수 없었다. 앞사람만 보며 걸을 뿐이었다. 거대한 어둠 속에서 발걸음 소리가 선명하게 들렸다.

완성된 지 얼마 되지 않았다는 뉴브리지 앞에 섰다. 뉴브리지 건너에서 작은 불빛이 보였다. 일행은 출렁출렁 흔들리는 다리를 건너기 시작했다. 뉴브리지는 꽤 길었다.

뉴브리지를 건너 흙길을 걸은 지 얼마나 지났을까. 옹기종기 모여 있는 불빛이 보였다. 일행은 불빛을 향해 걸음을 옮겼다.

대지에서 일어나는 일은
대지의 아들에게도 일어난다

지누단다(1,780미터) → 촘롱(2,170미터)

새벽 5시 30분.

닭 울음소리에 잠이 깬 준서는 밖으로 나갔다. 차가운 공기가 목덜미를 감쌌다. 서늘했다. 숙소 건물 뒤쪽으로 돌아가니 눈 덮인 안나푸르나 봉우리가 눈앞에 펼쳐졌다. 하얀 봉우리 끝은 하늘을 떠받칠 듯 우뚝 솟아 있었다. 비로소 히말라야에 서 있다는 느낌이 들었다.

'안나푸르나!'

준서는 가슴이 먹먹했다.

"일찍 일어났네."

물방울처럼 맑으면서 부드러운 목소리. 연우다. 준서에게는 익숙한 목소리였다.

"안나푸르나, 진짜 멋있다. 그치?"

"…응."

연우는 준서 옆에 섰다.

안나푸르나 봉우리 끝이 아침 햇살을 받아 반짝였다. 서늘한 바람이 두 친구 주위를 맴돌았다. 머리끝에서 발끝까지, 온몸이 시원했다.

'아~!'

준서는 목구멍에서 나오는 소리를 꿀꺽 삼켰다.

"나마스테."

준서와 연우는 동시에 고개를 돌렸다. 쿡의 조수인 타밍이었다. 연우는 타밍을 향해 두 손을 모았다.

"나마스테."

타밍의 몸은 작고 왜소했다. 까무잡잡한 피부와 커다란 눈은 수정같이 맑았다. 까만 눈동자가 꼭 머루알 같았다.

준서는 자신의 키보다 커다란 배낭을 메고 뚜벅뚜벅 걸어가던 타밍의 뒷모습을 떠올렸다.

'대단한 녀석이야.'

타밍은 티 없이 맑고 어글어글한 눈으로 두 친구를 보며 왼손을 입에 갖다 댔다.

"밥… 먹어."

그때였다.

"최준서! 하연우! 아침 먹어라."

기영우 선생의 목소리였다. 기영우 선생은 숙소 건물 1층에서 창문 밖을 향해 손을 흔들었다.

"아침은 카레밥이라고 했어. 너, 카레밥 좋아하잖아. 가자."

연우가 준서 손을 잡아끌었다. 준서는 연우 손에 이끌려 계단을 내려갔다. 연우 앞에만 서면 일곱 살 작은 아이가 됐다. 자신의 마음을 잘 읽는 연우 앞에서만큼은 한없이 작아지곤 했다.

준서와 연우가 식당으로 들어섰다. 친구들이 자리 잡고 앉아 이야기를 나누고 있었다.

"씨발, 꼭 저렇게 티를 내고 싶나?"

태호였다. 준서는 미간을 찡그렸다.

"너, 뭐라고 했어?"

"너한테 한 말 아니다. 저기, 저 커플한테 한 말이지. 여기, 안나푸르나까지 와서 저렇게 꼭 티를 내야 하냔 말이다. 씨발!"

태호가 가리킨 의자에는 어깨를 맞댄 커플이 앉아 있었다. 연우가 준서 팔을 잡았다. 준서는 날카로운 눈으로 태호의 뒷머리를 쏘아봤다.

타밍이 주전자와 잔을 가지고 왔다.

"뭐야?"

연우가 타밍에게 물었다.

"타토파니."

"타토파니?"

연우는 타밍을 올려다봤다.

"'따뜻한 물'이라는 뜻이야. 고산에서는 따뜻한 물을 많이 마셔야 한대. 시원해."

은서가 연우를 보며 말했다.

"따뜻한데 시원하다고?"

은서가 고개를 끄덕였다. 연우는 의뭉스러운 마음으로 물을 한 모금 꿀꺽 삼켰다. 따뜻한 물이 목구멍을 타고 내려가자 은서 말대로 속이 시원했다. 따뜻한 물이 시원하게 느껴지는 것이 신기했다. 연우는 준서를 보며 마셔 보라고 눈짓했다. 준서는 물을 벌컥벌컥 마셨다. 꼭 화풀이하듯.

타밍이 일행의 탁자 앞에 카레밥을 놓았다.

"씨발, 카레밥이잖아. 카레밥 안 먹는다고 했잖아요!"

태호는 눈살을 잔뜩 찌푸리고는 카레밥이 담긴 그릇을 밀쳤다.

탁—

그릇이 중심을 잃고 엎어졌다.

"천태호! 뭐 하는 거야?"

김지현 선생이 소리쳤다. 타밍이 뛰어와서 쏟아진 카레밥을 닦았다.

"꼭 이래야겠니?"

김지현 선생이 일그러뜨렸던 얼굴 근육을 풀며 말했다.

"난 그냥 밀쳤을 뿐인데요."

기영우 선생이 태호를 봤다.

"천태호, 먹어 둬라. 나중에 배고파서 못 걷겠다고 떼쓰지 말고."

"한국에서도 안 먹는 카레밥을 먹으라고요? 됐어요! 씨발, 굶으면 굶었지 안 먹을 거예요!"

태호의 부릅뜬 눈에선 카레밥을 강하게 거부하고 있었다. 얼굴은 수수떡처럼 벌게져서는 황소숨만 씨근씨근 쉬었다.

"씨발, 그 많은 밥 중에 왜 하필 카레밥이냐고요!"

카레밥을 게걸스럽게 먹는 아빠 얼굴이 떠올랐다. 아빠가 제일 좋아하는 카레밥을 태호는 제일 싫어했다. 카레밥을 보는 것만으로도 화가 차올랐다.

김홍빈 대장은 태호를 흘끔 봤다. 시뻘겋게 상혈된 눈에선 눈물이 글썽거렸다.

'저 녀석, 왜 근다냐?'

김홍빈 대장은 태호를 유심히 살폈다. 입에서 내뱉는 거친 말과 건들거리는 몸이 마음을 그대로 대변해 주고 있었다. 태호는 화났다는 것을 온몸으로 말하듯 식당 문을 거칠게 닫았다.

쾅!

태호의 뒷모습이 시야에서 사라졌다.

"저 녀석, 왜 저렇게 배알이 꼬인 거야?"

기영우 선생이 김지현 선생을 보며 물었다.

"카레밥 때문이죠. 뭐, 카레밥도 그렇지만 워낙 오랫동안 그래 왔으니… 언젠간 풀릴 거예요."

김지현 선생은 안타까운 눈빛으로 태호가 사라진 문을 쳐다봤다.

기영우 선생은 카레밥을 한 숟가락 떠서 입속에 넣었다. 노란 카 레 국물이 입술 사이로 삐져나왔다.

"카레 맛이 살아 있네, 살아 있어. 맛있지 않냐?"

기영우 선생의 입에서 노란 밥알이 튀어나왔다. 김지현 선생은 못마땅한 듯 눈을 샐쭉거렸다.

말없이 카레밥을 먹고 있던 김홍빈 대장이 일행을 보며 말했다.

"오늘 갈 길은 오르막이라고 했제? 지금 6시 25분이여. 출발 준 비 마치고 50분까지 숙소 마당으로 모이드라고. 알겠냐?"

"몇 시에 출발해요?"

봉남이 카레밥을 우적우적 씹으며 물었다.

"7시."

김홍빈 대장의 대답은 짧았다. 김홍빈 대장은 숟가락을 잡았다.

숟가락이 손바닥에서 떨어질 듯 아슬아슬했다. 시후는 김홍빈 대장의 손가락 없는 손을 무심히 쳐다봤다.

"뭐 해? 먹지 않고."

기영우 선생이 시후를 보며 물었다. 시후는 도둑질하다 들킨 사람처럼 고개를 숙였다. 카레밥이 눈에 들어왔다. 엄마가 제일 자신 있게 만드는 요리였다.

엄마는 카레밥을 매콤하게 만들었다. 그날도 저녁 메뉴는 엄마표 카레밥이었다. 베트남 고추를 넣어 매콤한 맛이 강했다. 그날 카레밥을 먹은 시후와 아빠는 카레 식당을 열면 대박 나겠다고 엄마를 치켜세웠다. 엄마의 활짝 웃던 얼굴을 이제는 볼 수 없다. 엄마표 카레밥도 영영 맛볼 수 없다. 시후는 삐져나오려는 눈물방울을 막기 위해 눈에 힘을 주었다.

"진시후, 제사 지내냐? 안 먹고 뭐 해?"

맞은편에 앉은 봉남이 시후를 보며 물었다.

"너, 안 먹을 거면 내가 먹는다."

봉남은 시후 앞에 있는 그릇을 잡아당겼다. 김지현 선생이 봉남을 봤다.

"허봉남, 남의 거 뺏어 먹지 말고 한 그릇 더 달라고 해."

"진시후가 안 먹으면 아깝잖아요. 우리 엄마가 음식은 남기는 거 아니라고 했다고요."

시후의 날 선 눈을 본 봉남이 말을 더듬으며 시후 앞으로 그릇을 밀었다.

"아, 아니. 나, 난 네가 카레밥을 안 좋아하는 줄 알고… 무섭게 눈은 왜 치켜뜨고 그러냐? 안 뺏어 먹는다. 안 뺏어 먹어."

봉남은 자기 그릇에 남아 있는 밥 알갱이를 깨끗하게 긁어 대며 중얼거렸다.

"카레밥은 언제 먹어도 맛있다니까."

시후는 벌떡 일어서더니 밖으로 나가 버렸다. 시후가 나간 문을 바라보던 봉남은 어깨를 쓰윽 올렸다.

"오늘 아침은 왜 이러냐?"

김지현 선생이 문을 바라보며 중얼거렸다. 봉남은 김지현 선생의 눈치를 살피며 자리에서 일어났다.

"난 다 먹었으니까 나갑니다요."

"허봉남, 오늘은 뭐 빠뜨린 거 없이 짐 잘 챙겨라."

기영우 선생의 말에 봉남은 오른팔을 들어 올렸다.

"걱정하지 마세요. 한국에서의 허봉남이 아니라고요."

아침을 다 먹은 친구들이 하나, 둘 숙소로 올라갔다.

6시 50분.

일행이 모두 마당에 모였다.

김홍빈 대장이 일행을 보며 말했다.

"오늘 최종 목적지인 뱀부까지는 계속 오르막이여. 특히 촘롱까지는 돌계단이 끝없이 이어지는 악마의 구간잉께 잘 기억해 둬라이."

태호는 앞에 놓인 돌계단을 올려다봤다. 돌계단은 잘 정돈되어 있었다.

"똥 씹은 표정 지을 거 없다. 아무리 높은 계단도 끝은 있는 법이니까 미리 겁먹을 필요 없어."

기영우 선생은 목소리에 힘을 주었다.

"씨발, 악마의 구간이라면서 겁먹지 말라는 건 뭔 시추레이션이야."

태호가 스틱으로 바닥을 툭툭 쳤다.

"오늘부턴 걸을수록 고도가 올라간다는 걸 느낄 수 있을 거여. 지금 힘이 남아돈다고 빨리 걷지 말드라고. 고산병이 올지 모릉께 천천히 걸어라. 고산병 증세가 심하믄 무조건 내려와야 하니께, 고산병이 오지 않도록 페이스 조절을 잘해야 한단 말이여. 알겠제?"

김홍빈 대장은 마지막 목소리에 힘을 주었다.

"안나푸르나 베이스캠프를 향해! 아자, 아자!"

봉남이 스틱을 높이 쳐들었다.

"자, 인자 1차 목적지인 악마의 구간을 향해 출발해 불자."

김홍빈 대장이 앞에 섰다. 그 뒤를 시후와 봉남, 준서와 연우가 섰고, 김지현 선생은 은서와 소하를 앞세웠다. 태호와 기영우 선생은 맨 뒤에서 걷기 시작했다.

지누단다 로지에 있던 누런 강아지가 천태호 뒤로 졸졸 따라붙었다. 천태호는 스틱으로 강아지를 밀어냈다.

"씨발, 꺼져!"

"너 좋다고 따라붙는데, 왜 그래?"

기영우 선생이 강아지를 내려다봤다. 까맣고 선한 눈동자가 기영우 선생을 올려다봤다.

"강아지가 왜 나를 좋아한다는 거예요? 씨발."

태호는 계단을 올려다봤다. 계단으로 된 오르막은 끝없이 이어져 있었다. 나무와 풀은 아침 햇살을 받아 더욱더 푸르렀다. 계단 주변으로는 밭이 넓게 펼쳐져 있고, 들판에서는 염소들이 풀을 뜯어 먹고 있었다.

계단을 오르던 태호는 뒤돌아봤다. 졸졸 따라붙은 누런 강아지가 계속 신경 쓰였다. 강아지를 툭툭 찼지만, 강아지는 되돌아갈 생각이 없는 듯했다.

태호는 소리를 꽥 질렀다.

"개새꺄! 꺼져!"

태호는 강아지를 발로 뻥 찼다.

깨갱-

강아지가 나동그라졌다.

"천태호, 왜 죄 없는 강아지를 차고 그래?"

기영우 선생이 강아지를 안아 올렸다. 강아지의 까만 눈동자가 머루알처럼 또롱또롱 맑았다.

"천태호한테 차이면서까지 왜 따라붙는 거야? 이젠 그만 네 집으로 가."

기영우 선생은 강아지를 내려놓았다. 강아지는 쪼르르 뛰어가더니 태호 앞에서 꼬리를 흔들었다.

"개새끼가 확!"

태호는 두 눈에 힘을 잔뜩 주고 강아지를 뻥 찼다.

깨갱-

'왜 따라붙어서 내 발에 차이는데. 씨발.'

"천태호, 왜 그래?"

"제대로 혼내야 정신 차린다니까요. 보세요. 이제 안 따라오잖아요."

태호 발에 차인 강아지가 보이지 않았다.

촘롱으로 가는 계단은 끝없이 이어져 있었다.

태호 이마에 땀방울이 맺혔다. 숨소리가 조금씩 거칠어졌다. 태호는 걸음을 잠시 멈추고 친구들을 바라봤다. 은서와 소하의 걸음이 힘겨워 보였다. 두 친구보다 앞에서 걷고 있는 준서와 연우도, 봉남과 시후의 걸음도 느렸다.

'씨발, 저 녀석들은 쉬지도 않네.'

태호는 배낭끈을 질끈 잡아당기고는 온 힘을 다해 성큼성큼 발을 내디뎠다.

기영우 선생이 태호를 불러 세웠다.

"천태호, 너무 빠른 거 아니야?"

"이 정도야 누워서 떡 먹기죠."

태호는 준서와 연우의 바로 뒤까지 따라붙었다. 두 친구의 뒷모습을 보던 태호는 썩은 콩 씹은 표정을 지었다.

'너희들은 좋겠다. 씨발.'

태호는 두 친구를 앞지르려고 발을 내디뎠다. 그때 발이 돌에 걸렸고, 중심을 잃은 태호는 무심결에 준서 팔을 잡았다. 무방비 상태에 있던 준서는 중심을 잃고 말았다.

"어, 어어!"

준서는 운동 신경을 발휘해 겨우 중심을 잡았지만, 한쪽 무릎이 꺾이며 땅에 닿았다. 꼭 싸움에서 패배를 인정한 것처럼.

"에이씨!"

준서는 바지를 탁탁 털고 일어섰다. 다행히 다치지는 않았다.

"괜찮아?"

연우가 준서를 보며 물었다. 태호에게 잡힌 팔을 뿌리친 준서는 태호 뺨을 쳤다.

짝―

얼떨결에 뺨을 맞은 태호의 얼굴이 굳어졌다.

"씨발, 잡아! 또 잡아 봐!"

준서는 태호의 멱살을 잡았다. 연우가 준서 팔을 잡아끌었다.

"태호가 일부러 밀친 건 아니잖아. 그만해."

"그럼 미안하다고 하던가. 가만히 있으니까 봉같이 보이냐?"

"최준서, 지금 뭐 하는 거야? 여기까지 와서 주먹을 써!"

기영우 선생의 목소리다. 급하게 왔는지 숨을 헐떡였다. 태호는 준서를 피해 걷기 시작했다.

"야! 천태호!"

준서 목소리에는 날이 잔뜩 서 있었다. 태호는 모른 척하고 계속 걸었다. 준서는 앞서 걸어가는 태호의 팔을 잡아챘다. 매 눈같이 날카롭게 쏘아보는 준서. 얼굴이 벌겋게 달아오른 태호. 두 친구는 서로 마주 보며 대치했다.

"왜? 씨―발."

"너, 내가 그렇게 만만해 보이냐?"

뒤따라온 연우가 준서 팔을 잡았다.

"참아."

"최준서, 그만해!"

기영우 선생의 목소리에는 날이 서 있었다. 태호는 때를 놓치지 않고 걸음을 옮겼다.

"저게, 도망쳐?"

준서는 연우에게 잡힌 팔을 뿌리쳤다. 그러고는 태호를 쫓았다. 준서가 뒤따라오는 것을 안 태호는 앞에 있는 시후 팔을 잡아 몸을 휙 돌려세웠다.

"씨발. 진시후, 어떻게 좀 해 봐라."

두 친구를 바라보는 시후 얼굴은 잘 익은 꽈리고추같이 새빨개졌다. 이마엔 깨알 같은 땀방울이 송골송골 맺혀 있었다.

"진시후, 비켜!"

"느그들, 뭣 허는 짓거리냐?"

김홍빈 대장이 세 친구에게 다가왔다.

"앞으로 여섯 시간은 더 걸어야 한디, 느그들은 왜 여서부터 기력을 빼고 있냐?"

"태호, 저 녀석이 먼저 시비를 걸잖아요."

"아, 아니 그게 아니고. 씨발, 돌에 걸린 바람에… 일부러 그런 게 아니라고요!"

태호도 지지 않겠다는 듯 소리를 질렀다. 태호는 자신이 불리하면 소리부터 치고 봤다. 그것을 잘 알고 있는 준서는 몸을 날려 태호 팔을 잡아챘다.

"내가 가만있으니까 기어오르려고 해!"

준서는 태호를 패대기쳤다. 순식간에 일어난 일이었다.

"최준서, 뭐 하는 짓이야?"

기영우 선생이 두 친구를 보며 눈을 부릅떴다.

"너희들, 여기까지 와서도 싸움질이야?"

"태호, 저 새끼가!"

"에이씨!"

태호는 몸을 일으켰다.

"이 새끼가!"

준서는 태호 멱살을 잡았다.

"이 녀석들이, 그만두지 못해!"

기영우 선생의 관자놀이에 튀어 오른 핏줄기가 풀떡풀떡 세게 뛰었다.

"이왕 싸울 거 배낭 풀고 제대로 붙어 부러라이. 누가 이기나 한번 봐 불자. 뱀부 로지는 오늘 안으로만 들어가믄 댕께. 자, 누가 이긴가 봐 보세."

김홍빈 대장의 목소리는 의외로 차분했다.

"전 뱀부 로지 풍경을 즐기고 싶다고요."

봉남이 계단을 오르기 시작했다. 그 뒤를 시후가 따라붙었다.

"저희도요."

은서와 소하도 걷기 시작했다.

김홍빈 대장은 배낭을 바닥에 내려놨다. 두 친구는 어정쩡하게 섰다.

"왜? 멍석 깔아 줘께 허기 싫냐?"

"씨발, 됐어요."

준서는 고개를 돌렸다. 땅바닥에 널브러져 있는 배낭을 집고 연우를 잡아끌었다.

"가자."

김홍빈 대장도 배낭을 메고 태호를 봤다.

"어이, 태호야! 내 앞에 서라이."

김홍빈 대장은 태호를 앞에 세웠다.

봉남이 맨 앞에 서고 김지현 선생과 은서, 소하가 그 뒤를 따랐다. 그리고 기영우 선생과 시후가, 그 뒤를 준서와 연우가 걸었다. 김홍빈 대장과 태호는 맨 뒤에서 걸었다.

촘롱까지는 700미터 남았다. 흙 계단이다. 앞으로 내딛는 일행의 스틱 찍는 소리와 숨소리만 들렸다. 태호 얼굴은 밀랍처럼 창백했다. 거친 숨이 목구멍까지 올라왔다. 배도 고팠다. 모두 말이 없었다.

딸랑딸랑-

방울 소리가 침묵을 깼다. 왼쪽으로 돌자 나귀들이 줄지어 내려왔다.

"모두 옆으로 비켜 줘라."

기영우 선생이 일행을 향해 소리쳤다. 일행은 나귀들이 지나갈 수 있도록 옆으로 비켜섰다.

"태호야, 괜찮냐?"

김홍빈 대장이 태호를 향해 물었다.

"씨발, 안 괜찮으면요?"

태호는 다리에 힘을 불끈 주었다.

"그냥 물어본 거여. 왜 발끈허냐?"

나귀들이 지나가자 김홍빈 대장은 태호 앞에서 걸었다. 김홍빈 대장의 떡 벌어진 어깨가 태호 눈에 들어왔다. 언제나 변함없는 모습이었다. 손가락 없는 장갑이 흔들렸다. 김홍빈 대장은 열 손가락이 없는데도 항상 당당했다.

태호는 벌레라도 삼킨 듯이 오만상을 찌푸리고는 침을 뱉었다.

"퉤! 씨발, 언제까지 올라가야 하는 거야? 배고파 뒤지겠네."

"배고플 거여. 아침도 안 묵고 지금정 걷는 것이 대단한 거여.

다른 친구들 같았으믄 배고파 주저앉았을 거랑께."

김홍빈 대장은 주머니를 뒤적이더니 초콜릿을 꺼내 태호에게 내밀었다. 뭉툭한 손바닥 위에 놓인 초콜릿은 금방이라도 떨어질 것처럼 위태로웠다. 태호는 초콜릿을 뚫어지게 내려다봤다. 손가락이 없는 손바닥에 놓인 초콜릿을.

"빨리 받아라잉."

"예? 아, 예."

초콜릿을 받지 않으면 자신을 한 대 칠 것만 같은 투박한 손이었다.

"어? 왜 태호만 줘요. 난요?"

돌 위에 앉아 쉬고 있던 봉남이 벌떡 일어섰다.

"아따, 넌 아침 든든하게 먹어 놓고 왜 그냐?"

"그런 게 어딨어요."

"이제 300미터만 올라가믄 촘롱이여. 타밍이 촘롱에서 간식을 맹그러 놓고 기다릴 것이다."

"정말이요? 진작 말해 줬어야죠."

봉남은 성큼성큼 계단을 오르기 시작했다.

태호는 일행을 올려다봤다. 모두 고개를 땅바닥에 둔 채 걷고 있었다. 준서는 숨을 몰아쉬고 있었다. 태호는 준서의 뒤통수를 뚫어지게 바라봤다.

'씨발, 저 녀석은 뒤태도 멋있네.'

그때였다. 준서가 고개를 휙 돌렸다. 눈이 딱 마주쳤다. 태호는
눈을 내리깔았다.

'씨발.'

태호의 이마와 목덜미는 땀으로 흥건했다.

"촘롱이다!"

봉남이 소리쳤다.

태호는 고개를 들었다. 촘롱 로지가 보였다. 이젠 쉴 수 있다는
생각이 태호의 지친 몸을 달래 주었다.

오르막이 있으면 내리막이 있고, 내리막이 있으면 오르막이 있다

촘롱(2,170미터) → 로시누와(2,180미터)

촘롱 로지가 한눈에 들어왔다.

일행의 얼굴은 벌겋게 달아올랐고, 머리카락에서는 땀방울이 뚝뚝 떨어졌다. 땀은 목덜미를 타고 흘러내려 티셔츠를 흥건하게 적셨다.

태호는 머리를 흠뻑 적시고 있는 땀방울을 털어 내기 위해 고개를 세차게 흔들었다. 그때 태호의 눈앞에 눈 덮인 봉우리 두 개가 나타났다. 두 개로 갈라져 있는 하얀 봉우리, 끝이 뾰족한 설산이었다. 하얀 봉우리는 회색 구름 모자를 쓰고 있는 것처럼 보였다.

"헐, 뭔 시추레이션이야?"

"미친놈. 시추레이션이 아니고 시추에이션이다, 시추에이션!"

준서가 태호를 같잖다는 듯 흘겨봤다.

'씨발, 시추레이션이나 시추에이션이나 그게 그거지.'

태호는 준서와 시비 붙고 싶지 않았다.

두 개의 봉우리가 태호의 마음을 사로잡았다. 태호는 넋 나간 듯 멍하니 설산을 바라보았다. 일행도 눈 앞에 펼쳐진 장관에 입을 다물지 못했다.

"저것이 마차푸차레여."

김홍빈 대장의 목소리였다.

"손톱만 하게 보이제?"

"씨발, 저게 어딜 봐서 손톱만 해요? 공룡 발톱이라면 모를까."

태호가 맞받아쳤다.

"히야~ 천태호, 상상력 짱이네."

김홍빈 대장이 태호를 보며 손가락 없는 주먹을 들어 올렸다.

"에이씨, 장난해요?"

태호는 멋쩍은 듯 구릿빛 얼굴을 붉혔다. 싫지 않은 얼굴이었다. 그런 태호를 바라보는 김홍빈 대장의 입가에 미소가 번졌다.

"공룡 발톱, 마차푸차레는 멀리서 보는 뷰가 멋있는 산이라고 할 수 있제."

마차푸차레를 올려다보는 태호 얼굴에 알 수 없는 미소가 번졌다. 그러다 문득 준서와 눈이 마주치자 고개를 돌렸다.

"씨발."

"뭐? 씨발?"

준서가 받아쳤다.

"마차푸차가 나보다 멋있어서 저놈한테 한 말이다. 씨발!"

"마차푸차가 아니고 마차푸차레야."

은서가 툭 내뱉었다.

"씨발, 마차푸차레나 마차푸차나 그 말이 그 말이지. 뭔 상관이야? 혹시 나한테 관심 있냐?"

"미쳤어? 관심 없거든!"

은서는 수수떡같이 발개진 얼굴로 태호를 쏘아봤다. 귀밑까지 내려오는 단발머리는 땀에 젖어 더욱 윤채가 흘렀다.

기영우 선생이 일행을 보며 말했다.

"자, 이제 가자. 컵라면이 기다리고 있을 거다."

"진짜요? 매운 컵라면은 내 것!"

봉남이 친구들을 향해 소리쳤다.

"김칫국 마시지 마라."

기영우 선생의 말에 봉남은 실망한 표정을 지었다.

"산에선 매콤한 라면이 최곤데."

일행은 다시 걷기 시작했다.

촘롱 마을은 제법 컸다. 집들이 옹기종기 모여 있고, 주변에는 밭이 넓게 펼쳐져 있었다. 야생화가 활짝 핀 들판에는 양들이 풀을 뜯어 먹고 있었으며, 염소 무리도 보였다. 까만 어미 소와 송아지도 풀밭에 앉아 해바라기하고 있었다.

닭을 쫓아 뛰어다니는 아이, 동생을 업고 밭으로 향하는 아이와 그 뒤를 쫓아가는 아이도 보였다. 언덕배기 밭에서 일하는 사람들 모습이 미술 시간에 배웠던 밀레의 〈이삭줍기〉 그림처럼 보였다.

태호는 생각했다. 일행의 뒷모습이 마차푸차레와 겹치면서, 설산을 오르려고 걸어가는 원정대 같다고.

"씨발, 비켜."

준서가 태호 어깨를 툭 쳤다.

"뭐? 마차푸차? 공룡 발톱 좋아하네."

태호를 지나쳐 가는 준서 몸에서는 땀 냄새가 훅 풍겼다.

"타밍! 타밍!"

준서의 걸걸한 목소리가 촘롱 로지를 울렸다.

"멋있제?"

김홍빈 대장은 태호 옆에 섰다.

"세계 3대 미봉 중 하나여. 마차푸차레가 무슨 뜻인지 아냐?"

태호는 김홍빈 대장의 큰 키를 올려다봤다. 내가 어떻게 아냐는 듯이.

"네팔어로 '물고기 꼬리'라는 뜻이여. 피시테일이라고도 부른당께. 네팔 사람들이 신성시하는 산이여. 세계 여러 나라 등반가들이 마차푸차레를 오르고 싶어 하지만 오를 수 없는 산이제."

"씨발, 산이 앞에 있는데 왜 못 올라요?"

"네팔 사람들이 힌두교 시바신에게 바친 산이기 때문이여. 네팔 법으로 등반이 금지된 산이란 말이시. 그란디, 세계에서 딱 한 사람이 마차푸차레를 오른 적 있당께. 진짜 행운아라고 할 수 있제."

마차푸차레를 바라보는 김홍빈 대장의 표정은 혼자만 딴 세상에 있는 사람 같았다.

"부러운 놈이제."

태호는 눈알을 반짝였다. 궁금했다. 마차푸차레를 오른 사람이 누군지.

"김홍빈 대장! 뭐 해? 빨리 와. 컵라면 다 붙겠어."

"맞다. 컵라면!"

태호는 촘롱 로지로 눈을 돌렸다. 컵라면 냄새가 솔솔 풍겼다.

"천태호, 빨리 가 불자. 컵라면 냄시 죽이네."

김홍빈 대장은 태호를 앞장세웠다.

"씨발, 누군데요?"

태호가 물었다.

"누구야? 아, 그… 운 좋은 놈?"

그때 태호 배에서 꼬르륵 소리가 났다.

"니, 아침 안 먹었제? 아, 라면 냄시! 라면 냄시 때문에 기운이 쏙 빠지네이. 시간은 많으니께 운 좋은 놈 이야기는 다음에 하자. 자, 라면부터 묵자."

'행운아? 운 좋은 놈? 에이, 씨발!'

태호 자신에게는 낯선 단어였다.

행운아―

운 좋은 놈―

마차푸차레를 오른 행운아, 더군다나 금지된 산을, 신성한 산을 오른 등반가가 누군지, 그 등반가는 마차푸차레를 올랐을 때 어떤 기분이었는지 알고 싶었다. 머릿속이 온통 그 행운아 생각으로 꽉 찼다.

희망원정대 훈련을 위해 국내 산을 처음 올랐을 때는 왜 그렇게 힘들게 산을 올라야 하는지 알 수 없었다. 하지만 온몸이 땀에 흠뻑 젖고, 스스로 자신의 몸을 혹사하는 것도 나쁘지는 않았다. 그래서 지금 안나푸르나까지 온 것이다.

산에 오를 때는 아빠의 기억을 지울 수 있었다. 영원히 지워지지 않을 것 같았던 아빠의 폭력을.

"씨발!"

태호는 자신의 트레이드마크나 마찬가지인 '씨발'이라는 단어를 툭 내뱉었다. 머릿속에, 아니, 가슴속에 숨겨 놓았던 말이 불쑥 생각났기 때문이었다.

태호 얼굴이 갑자기 백지장처럼 새하얘졌다.

－재수 없는 놈!

－넌, 태어나지 말았어야 했어!

아빠가 태호를 볼 때마다 내뱉는 말이었다. 자신의 사업이 망한 것도, 친한 친구가 회삿돈을 빼돌려 도망가 버린 것도, 모두 태호 때문이라고 했다.

태호가 초등학교 1학년 때 아빠 회사가 파산했다. 회사를 같이 운영하던 친구가 회삿돈을 모두 빼돌려 외국으로 도망가 버렸다. 가진 전부를 잃어버린 아빠는 점쟁이를 찾아갔다.

"쯧쯧쯧, 욕심이 문제였군. 아들을 원한 게 문제야. 딸을 없애고 아들을 얻었어. 억지로 아들을 얻었으니! 태어나지 말았어야 할 아들이 태어났어. 쯧쯧, 그놈이 당신 기를 다 빼앗아 가 버렸어. 누굴 탓하겠어! 아들을 원한 당신을 탓해야지!"

점쟁이 말을 듣고 난 후 아빠는 변했다. 모든 화풀이를 아들에게 하기 시작했다.

"재수 없는 놈! 씨발, 집안을 말아먹은 놈! 내 눈앞에서 썩 꺼져!"

태호는 아빠 앞에서는 재수 없는 놈이었다. 아빠는 술에 취하면 점쟁이가 했던 말을 되풀이했다. 화가 풀릴 때까지 집 안 살림을 때려 부쉈고, 태호를 때렸다. 얼굴과 온몸에 멍든 날이 그렇지 않은 날보다 더 많았다. 그만큼 학교 빠지는 날도 늘었다. 태호는 작고 허름한 집 방구석에 쭈그려 앉아 자신이 재수 없는 놈이고 태어나지 말았어야 할 놈이라는 아빠 말을 곱씹곤 했다.

아빠가 자주 내뱉던 '재수 없는 놈'이라는 말을 마음속 깊숙한 곳에 꾹꾹 담아 놓았다. 아니, 밀봉해 놓았다. 그런데 그 말이 불쑥 고개를 들었다.

태호 얼굴에 서늘한 기운이 돌았다.

"씨발, 누구는 행운아고, 누구는 재수 없는 놈이냐고!"

"천태호, 왜 그냐?"

김홍빈 대장이 태호 팔을 잡았다. 태호가 김홍빈 대장의 뭉툭한 손을 뿌리쳤다.

"됐어요. 씨발!"

"녀석, 참. 알다가도 모르겠다."

김홍빈 대장이 태호를 보며 중얼거렸다.

김홍빈 대장은 코를 쿵쿵거렸다. 라면 냄새가 진동했다. 라면

특유의 냄새가 군침을 돌게 했다.

태호 배에서 또다시 꼬르륵 소리가 났다. 라면 냄새가 코를 자극했다. 하지만 먹었다가는 다 토해 버릴 것만 같았다.

"김 대장, 뭐 해? 빨리 와!"

기영우 선생이 다시 손짓했다.

"천태호, 빨리 와. 컵라면 다 붇겠어."

김지현 선생도 손을 흔들었다.

"우리도 라면 다 불어 터지기 전에 묵자. 컵라면은 꼬들꼬들할 때가 맛있어야."

김홍빈 대장과 태호는 일행 곁으로 갔다. 봉남은 컵라면 하나를 다 먹은 듯 국물을 후루룩후루룩 들이켰다. 누군가와 치고받으며 싸우고 싶었던 태호는 제일 만만한 봉남에게 시비를 걸었다.

"새꺄, 소리 좀 작작 내. 입맛 떨어지잖아!"

봉남은 몸을 돌려 남아 있는 국물마저 입에 들어부었다.

태호는 시후를 봤다. 축 처진 어깨, 새파래진 얼굴빛을 보니 싱겁게 끝날 것 같았다. 태호는 고개를 돌렸다. 준서가 눈에 들어왔다. 버거운 상대였다. 이유 없이 시비를 걸었다가는 쪽팔릴 것만 같았다. 그것보다 연우가 옆에 딱 붙어 있었다.

"씨발."

태호는 컵라면을 들고 마차푸차레가 잘 보이는 곳에 앉았다. 마차푸차례, 신성한 산. 사람이 오를 수 없는 산.

'내가 올라 버릴까?'

토할 것 같은 속이 싹 가라앉았다. 태호는 비로소 라면 냄새를 맡을 수 있었다. 배고팠다. 아니, 허기가 밀려왔다. 태호는 라면을 폭풍 흡입했다. 국물까지 싹 비웠는데도 배가 고팠다.

그때였다.

"오늘은 특별히 컵라면 한 개씩 더 준다. 더 먹고 싶은 사람은 한 개씩 더 먹어도 좋다."

기영우 선생의 말에 봉남이 눈을 반짝였다.

"선생님은 구세주세요. 안 그래도 홀쭉해진 배가 허전했거든 요."

"뭐? 네 배는 이미 빵빵하잖아."

봉남은 배를 쓱 집어넣었다.

"뭔 말이세요. 이렇게 홀쭉한데요."

봉남이 고개를 푹 숙여 인사하더니 컵라면을 가지고 사라졌다. 태호도 기영우 선생 앞에 섰다.

"너도 한 개 더 먹으려고?"

"왜요? 난 더 먹으면 안 돼요?"

"누가 안 된다고 했냐? 옜다."

태호는 기영우 선생이 내민 컵라면을 들고 돌담 위에 앉았다.

한눈에 들어오는 마차푸차레. 두 개의 봉우리가 진짜 물고기 꼬리처럼 보였다. 시선을 끌어당기기에 충분했다.

'씨발, 왜 저렇게 멋있는 거야.'

태호 앞으로 다가온 김홍빈 대장이 주머니에서 주먹밥을 꺼내더니 컵라면에 풍덩 떨어뜨렸다.

"아침에 꼼쳐 논 거여. 니, 아침밥이랑께."

태호는 김홍빈 대장을 올려다봤다. 어이없다는 듯, 할 말을 잃은 듯.

"헐, 그런 게 어딨어요. 차별하는 거예요?"

봉남이 소리쳤다. 김홍빈 대장이 봉남을 보며 말했다.

"넌, 아침 든든하게 먹었잖냐."

태호는 봉남을 꼬나봤다.

'에이씨, 저 새끼는 또 언제 본 거야?'

봉남이 언제 그랬냐는 듯 눈을 내리깔았다.

태호는 라면 국물에 담긴 밥을 입안 가득 넣었다. 역시 끝내줬다. 봉남이 숟가락을 들고 다가왔다. 태호는 눈살을 꼿꼿이 세우고 봉남을 올려다봤다.

"한 입만, 딱 한 입만 맛보면 안 되냐?"

봉남은 웃음이 물결치는 눈을 하고 몸을 비비 꼬았다. 태호는 피식 삐져나오는 웃음을 참았다.

"아휴, 이 새끼가……."

태호는 컵라면을 쓱 내밀었다. 봉남은 재빠르게 한 숟가락 떠서 입에 가져갔다.

"쥑인다, 쥑여. 역시 컵라면의 자존심은 국물에 밥 말아 먹는 거라니까. 안 그러냐?"

봉남이 태호를 봤다.

"씨발, 다 먹었으면 그만 꺼져 주라."

"오키."

봉남은 일행을 향해 익살스러운 눈길을 보냈다. 봉남의 행동에 친구들이 키득거렸다.

"키킥킥, 컵라면의 자존심?"

"자존심 없는 녀석은 죽은 거나 마찬가지다."

"와, 하하하!"

친구들의 웃는 소리가 촘롱 로지 하늘로 울려 퍼졌다. 하지만 시후만은 웃지 않았다. 시후의 째진 눈에서는 서글픈 빛이 감돌았다.

일행은 국물까지 깨끗하게 먹은 빈 통을 한곳에 놓았다. 30분 간 휴식을 취한 후 모였다.

김홍빈 대장이 산봉우리를 가리켰다. 멀리 있는 듯 가까워 보였다.

"저기 봉우리들 보이냐? 왼쪽에 있는 봉우리는 안나푸르나 남봉, 오른쪽 봉우리가 마차푸차레, 그리고 그 옆에 있는 봉우리는 히운출리여. 저 산들이 우리를 반긴단 말이다."

김홍빈 대장은 말을 잠시 멈추었다가 이내 이어 갔다.

"이제부터는 내리막길이여."

"내리막이라고요? 야호!"

봉남이 소리쳤다.

"허봉남, 김칫국부터 마시지 말드라고. 30분 정도 내려간 다음엔 또 올라갈 거니께."

김홍빈 대장의 말에 봉남은 한숨을 길게 내쉬었다. 기영우 선생이 이어서 말했다.

"내리막이 있으면 오르막이 있고, 오르막이 있으면 내리막도 있는 거다. 그래서 등산을 우리 삶과 비슷하다고 말하는 거야."

김홍빈 대장은 친구들을 봤다.

"시누와 다리를 지나믄 깔딱고개가 나온다고 생각하믄 돼야. 깔딱고개가 힘든 만큼 거리는 짧응께 걱정할 건 없제. 한 100미터 정도? 몸속에 있는 나쁜 찌꺼기를 모두 흘려보낸다고 생각하믄 댕께. 그러믄 걸을 만할 것이다. 자, 이제 내려가 불자고. 이번엔 김지현 선생이 선두에 붙어 불어라."

"네."

김지현 선생은 은서와 소하, 연우를 앞세웠다.

"왜 우리가 앞에 서야 해요?"

항상 따지고 드는 은서가 물었다.

"뒤처지면 더 힘드니까 그러지."

김지현 선생이 윙크를 보냈다.

"뭐가 힘들다는 거야. 그냥 걸으면 되지."

은서는 한마디 툭 내뱉고 앞에 섰다.

촘롱 로지에서부턴 내리막 계단이다. 계단을 내려가는 길에 마을이 내려다보였다. 마을은 생각보다 컸다. 파란색, 빨간색 지붕이 즐비해 있었다. 흙길은 강아지들의 놀이터였다. 내리막에 놓인 돌계단은 정갈했다.

30분 정도 내려가자 시누와로 건너가는 다리가 나왔다. 다리를 건너자 지그재그로 된 오르막길이 눈앞에 펼쳐졌다. '지옥의 계단'이라고 불리는 로시누와로 가는 길이었다. 100미터 정도 되는 깔딱고개의 경사도는 높았다. 숨이 저절로 헐떡여졌다. 걸음도 느려지고 땀은 비 오듯 흘러내렸다.

이를 앙다물고 걷던 태호가 우뚝 멈추었다.

"천태호, 왜 그냐?"

김홍빈 대장은 숯등걸같이 까맣게 질린 태호 얼굴을 보며 물었다.

"씨발."

태호는 고개를 세차게 흔들었다. 갑자기 아빠 얼굴이 떠올랐다.

술에 취해 눈이 풀린 아빠 얼굴이. 술에 취한 아빠는 아빠가 아니었다. 악마였다. 태호와 마주한 아빠는 술 냄새를 풍기면서 허리띠를 풀었다.

"재수 없는 놈! 태어나지 말았어야 할 놈!"

아빠는 허리띠를 사정없이 내리쳤다. 만취했을 때 아빠 힘은 꿍장했다. 태호는 온몸에 힘을 주고 이를 앙다물었다. 신음을 내게 되면 아빠의 화를 더욱 돋웠기 때문이다. 엄마와 둘이서 아빠가 지쳐 나가떨어질 때까지 맞아야 했다.

찬 기운이 태호를 감쌌다. 고개를 들었다.

'씨발.'

땀방울이 태호의 눈으로 스며들었다. 시큰거렸다. 눈물이 흘러내렸다. 김홍빈 대장은 가만히 지켜볼 수밖에 없었다. 태호는 이마에 난 땀을 닦으며 눈가를 쓱 훔쳤다.

"씨발, 땀방울이 완전 따갑네."

"땀방울이 독하다는 걸 인제사 알았냐? 억지로라도 눈물을 흘려야 하는 거여. 그럼 따가운 게 없어질 거랑께."

"됐어요. 씨발, 사내대장부가 눈물을 왜 흘려요!"

태호는 멈추었던 걸음을 다시 옮겼다. 얼마 걷지 않는데 입에서는 거친 숨이 뿜어졌다. 숨을 뱉어낼 때마다 시원했다. 가슴 깊은 곳에 꽁꽁 묶어 두었던 울분 덩어리가 뿜어져 나오듯이.

"그렇게 대냐?"

김홍빈 대장이 물었다. 김홍빈 대장도 온몸이 땀으로 흠뻑 젖었다.

"씨발, 지옥보다 더하겠어요."

아빠가 때리는 매는 지독했다. 손찌검뿐만 아니라 손에 잡히는 모든 것을 휘둘렀다. 허리띠, 야구방망이, 우산……. 아빠가 내리치는 힘은 엄청나게 셌다. 어디에서 그런 힘이 나오는지 알 수 없었다. 경찰에 신고했지만 소용없었다. 구치소에 잠시 있다가 나온 아빠는 더 심하게 매를 들었다.

중학교 2학년 때였다. 맞고만 있던 태호는 아빠에게 대들었다.

"내가 태어나고 싶어서 태어났나요! 아빠 맘대로 만들어 놓고 왜 절 탓하세요!"

"이 자식이!"

아빠의 커다란 손이 태호 뺨을 강타했다. 아빠 얼굴은 빨갛게 달아올랐고, 숨은 거칠었다. 아빠는 베란다 구석에 처박아 놓았던 야구방망이를 들고 왔다. 이성을 잃은 듯했다. 태호는 피투성이가 되었다. 머리가 깨지고 갈비뼈가 부러졌다. 결국 입원했다. 하지만 퇴원하고 집에 온 날 또 맞았다. 몸이 약하다는 이유였다.

"사내자식이 몸이 약해서 뭐에 써! 몸은 맞을수록 단단해지는 거야!"

아빠는 이유 아닌 이유를 대며 매를 들었다. 태호는 저항하지 않았다. 그냥 때리면 때리는 대로 맞는 유령인간이 되어 갔다. 그러다가 고등학교 1학년 때 가출했다. 하지만 하루 만에 집에 들어가야 했다. 태호 대신 엄마가 폭행을 당했기 때문이다.

아빠가 있는 집은 한마디로 지옥이었다. 이대로 죽는구나, 싶었던 적이 몇 번이었는지 모른다. 아니, 죽어 버려야지 하는 생각도 해 봤다. 하지만 쉽지 않았다.

깔딱고개를 오르는 것은 아빠의 폭력에 비하면 새 발의 피였다. 땀을 뻘뻘 흘리며 산길을 오르는 육체의 고통은 오히려 정신을 맑게 해 주었다.

마침내 로시누와로 올라가는 깔딱고개로 올라섰다. 태호는 숨을 길게 내쉬었다.

"와아!"

썩은 콩 씹은 듯이 찌푸린 얼굴에서 거친 숨이 뿜어져 나왔지만, 기분은 좋았다. 선생님뿐만 아니라 친구들도 모두 숨을 헐떡였다. 푼수 같은 봉남도, 진한 회색 구름을 덮어쓰고 있는 시후도, 폭력의 대가처럼 무게를 잡는 준서도, 잘 익은 꽈리고추처럼 새빨개진 얼굴에서 땀방울이 뚝뚝 떨어졌다.

숨 고르기를 끝낸 태호는 계단을 올려다봤다. 끝없어 보이는 계단. 하지만 깔딱고개처럼 경사는 그리 높아 보이지 않았다.

잠시 휴식을 취한 일행은 다시 출발했다.

계단을 올라가는 친구들 걸음은 무거운 모래주머니를 매단 것처럼 느려질 대로 느려졌다. 굼벵이처럼. 태호는 맨 뒤에서 천천히 걸음을 옮겼다. 앞에서 걸을 수도 있었지만, 일부러 뒤에 섰다. 그냥 뒤에서 친구들 등을 보며 걷는 것이 편했다. 신들의 봉우리라는 마차푸차레 봉우리와 안나푸르나 봉우리를 마음껏 볼 수 있어서 좋았다.

숲 사이로 난 계단은 끝없이 이어졌다. 두 설봉은 숲을 벗어나면 숨바꼭질하듯이 턱 하니 나타났다가 사라지고, 다시 나타났다가 사라졌다. 바람도 일행을 반겨 주듯, 땀을 식혀 주듯 숲에 내려앉았다. 태호는 걸음을 멈추고 바람의 여운을 느꼈다.

쏴―

평소엔 아무렇지 않게 맞았던 바람이 새삼 고마웠다.

태호는 인제 그만 로시누와가 나왔으면 하는 마음이 간절했다.

힘겹다고 생각할 때였다.

"로지다."

시후 목소리였다. 일행은 고개를 들었다. 시후는 일행을 보며 박씨 같이 새하얀 이를 드러냈다. 불그스름한 얼굴에 있는 짙은 눈썹 아래 새까만 눈동자가 빛을 냈다. 친구들의 얼굴이 자신에게 향한 것을 느낀 시후는 어색한 듯 고개를 돌렸다. 시후 뒤로 집이 보였다. 로시누와 로지였다.

"자, 조금만 더 힘내자. 다 왔어. 이제 맛있는 점심이 기다리고 있을 거야."

기영우 선생의 말에 모두 빨갛게 상기된 얼굴로 고개를 끄덕였다. 바로 앞이 목적지라는 말에, 맛있는 점심을 먹을 수 있다는 말에, 힘을 냈다. 목적지에 도착하면 퍼질러 눕고 싶은 마음뿐이었다.

로시누와 로지에 도착했다.

태호는 시멘트 바닥에 배낭을 벗어 던지고 누웠다. 두 팔과 두 다리를 대(大)자로 뻗었다.

"하~"

"힘드냐?"

김홍빈 대장이 태호 옆에 누우며 물었다.

"씨발, 안 힘들다면 거짓말이죠."

"그제. 여그서 안 힘들다믄 거짓말이여. 나도 죽겠다."

"바람이 시원하네요. 탁 막힌 가슴이 뻥 뚫린 느낌이에요. 씨발, 이런 느낌 진짜 처음 느껴 봐요."

눈을 감고 하늘로 향한 태호 얼굴에 미소가 흘렀다.

"에이씨, 몸은 힘든데 마음은 진짜 편하네."

김홍빈 대장은 고개를 끄덕였다. 그러고는 양팔을 쫘악 뻗고 눈을 감았다. 기영우 선생도, 김지현 선생도, 친구들도 모두 대자로 뻗었다.

타밍과 반티야가 가만히 일행을 바라보며 함박꽃 같은 웃음을 머금었다. 점심을 다 차려 놓았으니 와서 먹으라고 하고 싶었지만, 일어나라는 말은 잠시 미루기로 했다. 깔딱고개를 오르고 계단을 올라온 일행의 심정을 잘 알기에, 편하게 쉴 수 있는 시간을 그대로 만끽할 수 있도록.

대지가 풍요로울 때 우리의 삶도 풍요롭다
로시누와(2,180미터) → 어퍼시누와(2,360미터)

점심을 배불리 먹은 시후는 바닥에 벌러덩 누웠다. 온몸에서 힘이 쫙 빠져나가면서 눈꺼풀이 무거웠다.

"우와, 좋다!"

시후는 고개를 돌렸다. 은서다. 양팔을 쫙 펴고 하늘을 향해 누운 모습이 평온해 보였다. 은서는 찬 바람이 쌩쌩 불어서 다가가기 힘든 친구였다. 바닥에 앉을 때면 항상 손수건을 펼치고 앉았다. 까칠한 만큼 깔끔을 떠는 친구. 웃는 얼굴을 볼 수 없는, 조그만 실수도 인정하지 않는, 옷에 묻은 먼지도 용납하지 못하는 은서가 맨바닥에, 양팔을 쫙 벌리고 누웠다. 그것도 하늘을 향해 좋다고 외치며.

"진시후, 너도 배은서가 이상해 보이냐?"

봉남이 시후를 보며 물었다. 시후는 고개를 돌렸다. 관심 없다는 듯.

"허봉남, 뭐가 이상하냐? 이 대자연을 봐라. 안나푸르나, 이 길 위에 누우면 누구나 배은서처럼 되는 거야."

김지현 선생이다. 김지현 선생도 팔을 뻗고 대자로 누웠다.

"햐, 진짜 좋다."

다른 친구들도 벌러덩 누웠다. 태호는 머리를 들고 소하를 슬쩍 봤다. 소하는 눈을 감고 있었다. 구름 한 점 없는 파란 하늘과 함께 잠든 듯했다.

김홍빈 대장은 단 5분의 잠도 달콤하다는 것을 잘 알기에 눈을 감았다. 바람이 살랑살랑 불어와 몸을 간지럽혔다. 머리카락 속에서, 목덜미 안에서, 바짓가랑이 속에서.

모두 단잠에 빠져들었다. 조용하다. 새소리와 바람 소리만 자장가처럼 들렸다. 가끔 개 짖는 소리가 들렸지만, 일행은 움직이지 않았다.

단잠 시간은 번개처럼 지났다. 김홍빈 대장은 시계를 봤다. 오후 1시 5분이다.

"자, 인자 또 출발해야제."

김홍빈 대장의 목소리에 은서가 벌떡 일어섰다.

"와, 배은서 대단한데. 천태호, 최준서, 빨리 인나라!"

일행은 하나, 둘 일어나 앉았다. 봉남은 누운 채 가만히 있었다. 한밤중이었다.

"허봉남! 안 일어나나?"

기영우 선생이 봉남을 흔들었다. 그러자 봉남이 얼굴을 잔뜩 찌푸렸다.

"에이씨, 누구야? 단잠 자는데 왜 깨워?"

기영우 선생이 봉남 눈앞에 자신의 얼굴을 들이댔다. 봉남이 벌떡 일어났다.

김홍빈 대장은 일행을 둘러봤다. 잠이 덜 깨서 그런지 모두 힘이 없어 보였다. 그렇다고 더 쉴 수는 없었다. 아직도 오르막이 한참 남아 있기 때문이다.

김홍빈 대장은 목소리를 낮추고 천천히 말했다.

"점심도 배불리 묵었겠다, 낮잠도 잤겄다, 이제 갈 일만 남았네."

"오르막이 이렇게 심할 줄이야. 씨발! 끝없네. 끝없어."

태호가 소리쳤다.

"내리막이 있기는 한가요?"

봉남이 물었다.

"당연하지. 물을 걸 물어라."

기영우 선생이 일행을 보며 말을 이어 갔다.

"지금 고도가 2,000미터 넘는다는 건 모두 알고 있지? 자신의 페이스를 잘 조절하면서 걸어야 한다. 자, 출발!"

벌겋게 탄 얼굴 사이로 까만 눈동자들이 빛을 냈다.

어퍼시누와로 출발이다.

일행이 로시누와 로지를 빠져나오자 위로 쭉 뻗은 계단이 기다리고 있었다.

"씨발, 계단은 언제 끝나는 거야."

태호가 중얼거렸다.

"난 계단이 좋아."

시후였다. 태호는 시후를 뻔히 봤다. 시후가 자신에게 말을 건 적이 있었나, 생각해 봤지만 없다.

"제기랄, 힘들기만 한데, 뭐가 좋냐?"

"다른 생각을 안 해도 되니까."

"저 높은 계단을 오르는 게 좋다고? 미친 새끼."

계단 양옆으로 숲이 울창했다. 숲과 숲 사이로 눈 덮인 마차푸차레의 웅장한 모습이 나타났다.

"와!"

시후는 걸음을 멈추었다. 정말 아름다웠다.

'신들의 산이야.'

시후의 티 없이 맑고 투명한 검은 눈동자가 빛났다.

"멋있냐?"

김홍빈 대장이 시후를 보며 물었다.

"네."

짧은 대답이었다.

김홍빈 대장은 마차푸차레를 바라봤다.

"저기는 아무도 못 올라가야."

"왜요?"

"신들의 산이기 때문이제."

시후는 눈을 통방울처럼 홉뜨고 김홍빈 대장을 올려다봤다. 자신의 마음을 읽고 있는 듯했다. 시후의 눈을 본 김홍빈 대장이 물었다.

"너, 혹시?"

'네. 저 봉우리를 보면서 신들의 산이라고 생각했거든요.'라는 말을 하고 싶었으나 입을 다물었다.

"……."

시후는 눈을 내리깔았다. 김홍빈 대장의 시선, 생각 구석구석까지 꿰뚫어 보는 듯한 날카로운 시선이 불편했다. 시후는 양 손가락을 맞부딪쳤다. 불안할 때마다 나오는 버릇이었다. 김홍빈 대장은 걸음을 옮겼다. 계단을 오르는 발걸음은 황소걸음처럼 느렸다.

"딱 한 번 마차푸차레 등반 허가가 난 적 있어야."

시후는 고개를 들었다. 신들의 산에 등반 허가가 났다니 궁금했다. 김홍빈 대장의 배낭이 눈에 들어왔다. 등에 착 달라붙은 배낭은 깔끔하면서 단단해 보였다.

"1957년이여. 영국의 등반가 윌프리드 노이스가 마차푸차레 등반을 했제. 그 사람은 자신에게 온 기회를 놓치지 않는 사람이었어. 그래서 마차푸차레를 오를 수 있었던 거여. 물론 등정에는 실패했지만 말이여."

시후는 궁금했다. 왜 실패했는지.

김홍빈 대장은 더는 말을 하지 않았다. 걸음을 천천히 옮기고 있을 뿐이었다.

헉! 헉! 헉!

숨소리만 숲을 메웠다. 시후는 김홍빈 대장을 보며 물었다.

"왜, 실패했는데요?"

"진시후, 네 생각엔 왜 실패한 거 같냐?"

에베레스트나 히말라야 등정에서 실패한 등반가는 많다. 김홍빈 대장 자신도 실패했던 적이 많다고 했다.

'날씨 때문인가?'

'산소가 희박해서?'

'신들이 허락해 주지 않아서?'

김홍빈 대장이 고개를 돌렸다. 시후 눈과 마주쳤다. 시후는 이번엔 김홍빈 대장의 시선을 피하지 않았다.

"워메, 니는 나랑 같은 생각을 하고 있었네이. 신들이 허락해 주지 않았다고 생각했제? 맞당께. 한낱 미물인 사람이 신들의 영역에 들어오는 걸 허락하지 않은 거여."

김홍빈 대장은 다시 계단을 오르기 시작했다.

"노이스가 정상을 30미터 정도 남겨 두었을 때, 갑자기 검은 구름이 몰려왔어. 눈이 겁나게 쏟아져 부렸대더라. 정상을 바로 앞에 두고 일어난 일이었으니께, 욕심 많은 사람이었더라믄 꾸역꾸역 올라갔을지도 몰라야."

시후는 김홍빈 대장을 보며 물었다.

"대장님이었으면 어떻게 했을 건데요?"

"이십 대, 삼십 대였다믄 욕심을 부렸을 거여. 내가 한때는 욕심도 많았고, 무서운 것이 없었응께. 하하하."

김홍빈 대장은 한참을 웃더니 말을 이어 갔다.

"노이스는 욕심을 부리지 않았어. 뒤도 안 보고 내려왔응께. 그는 포기해야 할 때는 과감하게 포기해야 한다는 것을 아는 산악인이었던 것이여. 무모한 도전이랄까? 자존심이랄까? 괜히 허세를 부리다가 죽음과 맞바꿀 수도 있응께 말이여."

시후는 김홍빈 대장을 봤다. 김홍빈 대장의 얼굴과 목덜미에는 땀방울이 흥건했다.

"윌프리드 노이스가 산에서 내려와가꼬 한 말이 뭔지 아냐?"

시후는 귀를 곤두세웠다.

"'마차푸차레 여신은 그녀의 정상에 인간의 발길이 닿는 것을 완강히 거부하는 듯했다.'였어야. 노이스가 그 산에 발을 디딘 후 네팔 정부에서는 다신 등정 허가를 내주지 않았제. 그 후 마차푸 차레는 그 누구도 다가갈 수 없는 산이 되었당께."

"허가를 내주지 않았다고요?"

"마차푸차레는 신들의 영역이라고 안 허드냐?"

시후는 고개를 들었다. 하늘 높이 우뚝 솟아 있는 마차푸차레 가 눈에 들어왔다.

그때였다.

"빨리 안 오고 뭐 해요?"

태호가 두 사람을 내려다보며 소리쳤다.

"저 녀석은 괜히 소리치고 난리여. 우리 쪼매만 속도를 내 불 자."

시후와 김홍빈 대장은 계단을 오르기 시작했다. 하지만 김홍빈 대장 말처럼 속도를 낼 수는 없었다. 입에서 거칠게 뿜어져 나오는 숨이 걸음을 붙잡았다.

"대장님은 왜 산에 오르세요?"

김홍빈 대장은 웃음을 터뜨렸다.

"하하하. 그런 질문을 받을 때는 참말로 난감하단 말이여. 산을 오르는 데 뭔 이유가 필요하대?"

"……."

"둘이서만 쑥덕거리고… 에이씨!"

두 사람이 가까이 다가오자 태호는 눈알을 부라렸다.

"씨발, 허벅지는 왜 이렇게 땅기는 거야."

"허벅지만 땡기냐? 딴 디는 안 아프고?"

김홍빈 대장이 태호를 보며 물었다.

"에이!"

"천태호, 넌 왜 여그까지 와 갖고 이 고생 하는 거여?"

"저, 저요? 비행기 타고 싶어서요. 비행기 한 번도 안 타 봤거든요."

"진시후 넌?"

"……."

시후는 말이 없었다. 거친 숨만 내쉴 뿐이었다.

"저 녀석은 힘든 것이 좋대요. 저렇게 숨을 헉! 헉! 헉! 내쉬는 게 좋다는 거예요. 씨발, 웃기는 놈이죠!"

태호도 숨을 뱉어 냈다.

하아! 하아! 하아!

"천태호, 헐떡이는 거 본께, 많이 힘든갑다."

"헐, 나만 헐떡이나요? 친구들 다 헐떡이고, 대장님도 헐떡이잖아요!"

"난 거친 숨소리를 좋아한당께."

"완전 죽이 척척 맞네요. 씨발, 잘해 보세요."

태호는 성큼성큼 걸음을 내디뎠다.

"천태호, 그러다간 고산병 걸릴 것이다. 천천히, 천천히 걸어라!"

태호가 오른손을 들었다.

"저 녀석, 저래도 참 괜찮은 녀석이여."

"누군 안 괜찮나."

심드렁하게 내뱉은 말. 김홍빈 대장은 시후를 봤다. 이마에 깨알 같은 땀방울이 송골송골 돋아 있었다. 애잔한 빛을 담은 눈, 꼭 다문 입, 몸에서 풍기는 어두운 그림자. 친구들을 밀어내는 시후를 볼 때마다 김홍빈 대장은 마음이 편하지 않았다. 김홍빈 대장은 1박 2일 지리산 산행을 하면서 시후에게 가까이 다가가려고 했다. 하지만 다가갈 수 없었다. 다가서는 만큼 밀어내는 힘이 강했다.

'친구가 되고, 형이 되고, 삼촌이 되믄 좋을 것인디……'

김홍빈 대장의 마음을 읽기라도 한 듯 시후는 걸음을 멈추고 하늘을 올려다봤다. 시원하게 트인 하늘에는 엷은 구름발이 가볍게 흘러갔다.

"나에게 사연이 있듯이 누구에게나 다 사연이 있다고 생각해요. 대장님처럼요."

"허허허. 사연 없는 사람이 어딨다냐."

김홍빈 대장은 옆에서 걷고 있는 시후를 슬쩍 훔쳐봤다. 얼굴이 수수떡같이 빨개져선 씨근씨근 숨을 내쉬고 있었다. 활짝 웃는 모습을 본 적이 없었다. 항상 그늘져 있었다. 친구들과 어울리려고 하지 않았고, 혼자서만 다녔다. 자신을 커다란 막으로 꽁꽁 감싸고 있었다.

이번 희망원정대에도 기영우 선생이 끼워 넣었다. 억지로 밀어 넣은 측면도 있었지만 시후도 한국을 떠나고 싶은 마음이 강했다. 엄마를 잊을 수 있을지도 모른다는 생각에, 얼음같이 차가운 아빠 시선에서 벗어날 수 있다는 생각에. 산을 오르면서 숨을 헐떡거릴 때나 땀을 뻘뻘 흘릴 때만큼은 엄마에 대한 죄의식에서 벗어날 수 있었고, 아빠의 시선에서도 벗어날 수 있었다.

시후는 웃고 싶어도 웃을 수 없었다. 웃으면 엄마에게 죄송했다. 아니, 아빠의 경멸스러운 시선이 떠올랐다. 아빠는 시후가 웃는 걸 참지 못했다.

─웃음이 나오냐?

아빠의 차가운 말 한마디는 시후 가슴에 비수가 되어 꽂혔다.

친구들과 뒤처져서 걷고 있는 태호의 뒷모습이 눈에 들어왔다. 일부러 늦게 걷는 건지, 아니면 진짜로 힘든 건지는 알 수 없었다. 태호는 점점 뒤처지더니 시후 바로 옆에 섰다.

김홍빈 대장이 두 친구의 침묵을 깼다.

"낭가파르바트 등반에서 제일 아끼는 후배를 잃었당께. 박명석. 진짜 괜찮은 놈이었는디. 그놈만 생각하믄 눈앞이 아릿해진단 말이여."

"네? 후배를 잃었다고요?"

시후는 얼빠진 듯 눈을 멀거니 떴다. 김홍빈 대장은 하늘을 올려다봤다.

"명석이는 제일 아끼는 후배였당께. 우리는 손발이 척척 잘 맞았으니께. 우린 단짝이 되어 산을 다녔어야. 에베레스트, K2, 로체… 모두 실패한 원정이었지만, 흰 설산을 오른다는 것이 좋았응께. 명석이도 마찬가지였제. 등정에는 실패했지만 도전하고자 하는 의지는 같았응께. 도전, 이 얼마나 좋은 말이냐?"

"좋은 말 좋아하시네."

태호가 툭 내뱉었다. 김홍빈 대장은 태호를 의식하지 않고 말을 이어 갔다.

"도전한다는 것은 자신을 살아 있게 하는 거여. 이십 대 때도,

삽십 대 때도, 오십 대인 지금도 말이여."

"도전은 뭐, 아무나 하나요."

시후가 심드렁하게 말했다. 김홍빈 대장은 시후를 봤다. 태호도 돌아봤다. '뭐야?' 하고 묻듯이. 시후는 말없이 걸음을 옮겼다.

김홍빈 대장은 말을 계속 이어 갔다.

"1990년이었제. 원정에 계속 실패했지만 우리는 또다시 도전하기로 했어야. 낭가파르바트 등정에 나선 거여."

"죽고 싶었나 보죠?"

"뭐라?"

김홍빈 대장은 걸음을 멈추었다.

시후는 고개를 숙인 채 힘겹게 발을 내디뎠다. 목덜미에서 땀방울이 흘러내렸다. 싸늘한 냉기와 함께.

김홍빈 대장은 멈추었던 걸음을 다시 내디뎠다.

"우린 이틀 만에 정상에 올랐응께. 그때 그 기분은 지금도 잊을 수가 없제. 근디 정상에 딱 3분 있었어야."

"에계, 3분 있으려고 그렇게 죽을 고생을 했어요?"

태호가 물었다.

"3분도 긴 시간이니까."

시후의 짧은 대답이었다. 김홍빈 대장은 시후를 보며 눈꼬리를 올렸다.

"3분이라는 시간이 짧은 것 같지만 나한텐 겁나게 소중한 시간이라는 걸 뒤늦게 알게 됐어야. 그 녀석의 웃는 얼굴을 기억할 수 있는 시간이었응께. 그 녀석의 활짝 웃는 모습이 또렷하게 남았당께. 진시후 말처럼 3분은 긴 시간이여."

시후는 김홍빈 대장을 올려다봤다. 마차푸차레를 바라보는 김홍빈 대장의 얼굴에 미소가 어렸다.

"지금까지도 나에게 힘이 돼 주는 녀석이여."

"이 세상에 없는데 어떻게 힘이 돼 준다는 거예요. 혼자 살아남았다는 죄책감은 느끼지 않나 보죠?"

"진시후, 너 말 많다."

태호가 쏘아붙였다.

"그냥 궁금할 뿐이야. 단짝처럼 함께 다니던 후배는 죽고 혼자 살아남았는데, 죄책감은 안 드는지 물어본 것뿐이라고."

"이게 진짜!"

태호는 몸을 돌려 시후에게 주먹을 날렸다. 순식간에 일어난 일이었다. 시후는 코를 부여잡았다. 피가 흘렀다. 코에서 피가 철철 흘러내리는데도 시후는 그냥 맞기만 했다.

"니들, 지금 뭐 하냐?"

김홍빈 대장이 두 친구를 떼어 놓았다.

"놔두세요! 그냥 놔두라고요!"

시후의 자지러지는 목소리에 태호는 주먹을 멈췄다. 김홍빈 대장도 멈추었다.

"때려! 더 때리라고, 두들겨 패란 말이야!"

"새끼가 미쳤나! 뭐야?"

태호가 뒤로 물러섰다.

김홍빈 대장은 다른 생각을 할 틈이 없었다. 피를 흘리고 있는 시후 코를 살폈다. 코뼈가 부러지면 큰일이었다. 카트만두까지 가야 하는데 일이 복잡해진다. 다행히 코뼈는 부러지지 않았다. 김홍빈 대장은 태호를 보며 나무랐다.

"천태호, 코뼈라도 부러졌으믄 어쩔 뻔했냐?"

"내가 뭐, 어린앤가요? 코뼈를 부러뜨리게. 저 녀석 말투를 고쳐 주고 싶었을 뿐이라고요."

"폭력으로 뭘 고친다는 거여? 폭력은 또 다른 폭력을 낳을 뿐이라는 거 모르냐?"

"씨발, 도와줘도 지랄이야."

"나, 난 두려워. 이렇게 숨 쉬는 것이 두렵고, 웃는 것이 두려워. 아니, 살아 있는 것 자체가 두려워! 모든 것이 두렵다고!"

시후 목소리는 떨리고 있었다. 온몸으로 세상에 대한 두려움을 토해 내듯. 태호는 얼빠진 눈으로 시후를 바라봤다.

"넌, 너 하고 싶은 대로 하잖아! 욕도 하고 싶은 대로 하고, 폭력도 맘대로 휘두르고! 네 멋대로 다 하잖아! 난, 아냐. 욕도 못 하고, 폭력도 못 쓰고, 친구들과 친하게 지낼 수도 없어!"

"씨발, 뭐라는 거야? 진시후, 너도 네가 하고 싶은 대로 해! 욕 쓰고 싶으면 쓰고, 날 때리고 싶으면 때리라고! 씨발, 손이 없냐? 발이 없냐? 입이 없냐? 나한테 욕하고 싶으면 욕해 보라고! 치고 싶으면 쳐 봐!"

시후는 두 주먹을 꽉 쥐었다.

"왜? 안 돼? 넌 그러니까 안 되는 거야, 새꺄!"

태호는 몸을 돌렸다. 그때였다. 시후가 태호에게 달려들었다. 순식간에 일어난 일에 김홍빈 대장은 망설였다. 두 친구를 말려야 할지, 그냥 두고 봐야 할지.

"뭐야! 김 대장, 안 말리고 뭐 해?"

기영우 선생이 달려왔다. 그 뒤로 준서와 봉남도 쫓아왔다.

김홍빈 대장은 기영우 선생을 막아섰다.

"냅둬 부러. 저놈들, 마음속에 담아 놓은 앙금을 풀어야 한당께."

"뭐? 싸우면서 앙금을 풀라고? 미쳤어! 그게 할 말이야?"

"그냥 날 믿어 보랑께."

"에이, 씨발!"

준서와 봉남이 자신들의 귀를 의심하며 기영우 선생을 쳐다봤다.

"이상하게 볼 거 없어. 나도 니들과 똑같은 사람이니까."

태호가 시후에게서 떨어졌다. 두 친구는 거친 숨을 내뿜으며 벌러덩 드러누웠다.

"씨발, 선생님이 왜 욕 써요?"

"허, 살아 있네."

기영우 선생이 허허 웃었다.

"이제 다 했냐?"

김홍빈 대장이 두 친구를 보며 물었다.

"씨발, 말리지도 않고 싸움 구경이나 하고… 진시후, 우린 동물원 원숭이였어."

헉! 헉! 헉!

시후는 거친 숨을 뿜어내며 몸을 대자로 뻗었다. 태호도 양팔을 벌렸다.

"야, 우리도 눕자. 정말 파랗네. 깊은 바닷속으로 빨려들 것 같은 하늘이잖냐? 이 녀석들만 보게 할 수는 없지."

기영우 선생이 눕자 김홍빈 대장도 누웠다. 그 옆에 봉남이 누웠고, 준서도 누웠다.

"하, 겁나게 좋네이."

안나푸르나를 휘감아 도는 숲에 산들바람이 내려앉았다. 친구들의 땀방울을 식혀 주려는 듯이.

두 친구가 내쉬던 숨소리는 점점 잦아들었다. 시후는 하늘을 쳐다봤다. 파랗다. 바다처럼 새파랗다. 파란 하늘에 엄마 얼굴이, 엄마의 활짝 웃는 얼굴이 그려졌다. 웃을 때면 양 볼에 생기는 보조개가 선명하다.

'엄마…….'

시후 눈가에 눈물이 맺혔다. 눈물방울은 또르르 흘러내렸다. 뺨을 타고 흘러내린 눈물은 땅으로 툭 떨어지더니 흙 속으로 쏙 스며들었다.

어차피 가야 할 길, 쉰다고 줄어들진 않는다
어퍼시누와(2,360미터) → 뱀부(2,145미터)

어퍼시누와에서 잠시 휴식을 취한 일행은 뱀부로 출발했다.

우뚝 솟은 마차푸차레가 선명하게 드러났다. 시후의 눈이 마차푸차레에 멈추었다. 하얀 설산, 물고기 꼬리 모양으로 우뚝 솟은 마차푸차레가 일행을 내려다보며 안나푸르나 베이스캠프로 안내하고 있었다.

시후는 마차푸차레를 보며 힘을 얻었다. 마차푸차레가 가까워질수록 마음이 한결 가벼웠다. 아니, 편안했다. 무엇 때문인지는 몰라도 하얀 설산과 엄마의 웃는 얼굴이 겹쳐졌다. 시후는 숨을 쉬는 것이 힘들었지만, 기분은 좋았다.

'천천히, 천천히 걸어야 해.'

시후는 앞서가고 싶은 욕망을 최대한 억제했다. 고산증으로 중도에 내려가긴 싫었다. 끝까지 올라가고 싶었다.

평평한 흙길이었다. 완만했다. 오르막은 없었다. 오솔길 같은 흙길이 쭉 이어져 있었다. 시후는 고개를 돌렸다. 주변이 온통 숲이었다. 숲에서 나는 바람 소리가 풀떡풀떡 뛰는 심장을 안정시켜 주었다.

봉남과 소하의 웃음소리가 들렸다. 시후는 소하 뒷모습에 눈을 두었다. 즐거워 보였다. 그때 소하가 뒤돌아봤다. 시후는 재빨리 고개를 돌렸다. 도둑질하다 들킨 사람처럼 양 볼이 빨갛게 달아올랐다. 심장도 콩닥콩닥 뛰었다.

딸랑! 딸랑! 딸랑!

그때 들리는 방울 소리가 시후의 심장 소리를 감춰 주었다.

"오른쪽으로 밀착!"

은서의 날카로운 목소리에 일행은 오른쪽으로 붙어 섰다. 하얀 털이 복슬복슬한 양 떼 수십 마리가 나타났다. 작은 구름이 삼삼오오 모여 지나가는 것 같았다. 양 떼를 보내고 일행은 다시 걷기 시작했다.

시후는 숲으로 눈을 돌렸다.

사르락– 사락– 사르락– 사락–

숲에 내려앉는 바람 소리였다. 태호가 소리쳤다.

"완전, 날아갈 것 같지 않냐?"

몇 발자국 앞서 걷던 준서가 뒤를 돌아봤다.

"오버하지 마라."

"저 녀석은 내가 말하기만 하면 왜 저렇게 잘근잘근 씹어 대는 거야? 씨발, 몸이 가뿐해서 날아갈 거 같다는데 뭐가 오버한다는 거야!"

"그래. 훨훨 날 것 같으면 마차푸차레 꼭대기에서 날아 보든가."

"아흐, 저걸 그냥 확!"

태호의 화난 목소리였다. 시후는 태호를 슬쩍 봤다. 혹시나 하는 마음 때문이었다. 하지만 그런 일은 일어나지 않았다. 태호는 두 주먹을 꽉 쥔 채 중얼거렸다.

"참자. 참아."

"윽!"

시후가 왼쪽 다리를 부여잡았다.

"왜? 쥐 났냐?"

김홍빈 대장이 물었다.

"아, 아뇨. 괜찮아요."

"괜찮기는 뭐가 괜찮아야. 앉거 봐라. 미련하게 굴 거 없시야. 그래 봤자 니 몸만 상하는 거여."

김홍빈 대장이 시후 다리를 쫙 폈다. 왼쪽 다리가 빳빳해지며 심줄이 끊어지는 듯 아팠다.

“아앗!”

시후는 괴로운 듯 소리쳤다. 김홍빈 대장은 시후 발목에서 허벅지까지를 꾹꾹 눌렀다. 손가락 없는 주먹 힘은 생각보다 강했다. 몇 발자국 앞서 걷던 태호가 되돌아왔다.

“왜요? 쥐 났어요?”

“니도 쥐 났냐?”

“아뇨! 내 다리는 쌩쌩하거든요.”

태호가 팔딱팔딱 뛰었다.

“이제 됐어요. 괜찮아요.”

시후가 일어서려고 하자 김홍빈 대장은 시후 어깨를 잡아 내렸다.

“쬐끔만 더 있어 보자. 쥐가 났을 땐 확실히 풀어 줘야제 또 쥐가 안 나는 거여. 안 그랬다간 쥐가 자주 나서 골치 아파야. 뱀부로지까지는 얼마 안 남았응께. 천천히 가면 돼야.”

시후는 김홍빈 대장의 손에 왼쪽 다리를 맡겼다.

“천태호, 내가 계속 이러고 있어야겠냐?”

“왜요? 그럼 내가 해요? 미쳤어요!”

“힘들 때 도와주믄 언젠간 되돌려 받는 거여. 너도 진시후 도움받게 될지 아냐?”

“난 절대, 절대로 저 녀석 도움받을 일 없거든요. 야! 너희들 중에 진시후 도와줄 사람!”

태호가 앞서 걸어가는 친구들을 불렀다. 하지만 일행은 코너를 돌아가 버려 보이지 않았다.

"언제 저렇게 빨리 간 거야. 에이씨!"

태호는 투덜거리며 배낭을 내려놓았다. 그러고는 시후 다리를 툭툭 쳤다.

"천태호, 할려면 제대로 해라. 지금 뭣 하나?"

"하고 있잖아요."

아침 7시부터 오후 3시까지 걸었다. 점심시간을 한 시간 빼도 족히 일곱 시간을 계속 올라온 것이다.

시후는 대나무 숲으로 눈을 돌렸다.

사르락– 사락– 사르락– 사락–

엄마가 돌아가신 지 3년이 지났다. 3년 동안 시후는 꽁꽁 언 얼음 속에 갇힌 새였다. 파랗게 질려 꽁꽁 얼어 버린 새. 안나푸르나를 걸으면서, 마차푸차레를 보면서 시후를 가둬 둔 얼음덩어리가 조금씩 녹고 있었다.

대나무 숲을 바라보고 있으니 4년 전 일이 떠올랐다.

시후는 엄마를 졸랐다. 중학교 2학년 올라가는 기념으로 전동 킥보드를 사 달라고. 아빠는 위험하다고 끝까지 반대했지만 결국 전동 킥보드를 선물로 받았다. 전동 킥보드는 생각했던 것보다 달리는 재미가 있었다. 학교 갈 때는 타지 못했지만 학원 갈 때는 타고 다녔다. 아빠와 엄마가 강변으로 운동 갈 때도 시후는 전동 킥보드를 타고 따라갔다. 자동차가 아빠의 차라면 전동 킥보드는 시후의 차였다.

3학년 겨울 방학이었다. 영어 학원 수업을 마치고 오는 길에 전동 킥보드를 더 타고 싶어서 아파트 주변을 한 바퀴 돌았다. 밤 11시가 넘었을 때 집 현관문을 열었다. 엄마, 아빠는 잠들어 있었다. 여느 날과 마찬가지로 현관 앞에 있는 충전기에 전동 킥보드를 연결하고 방으로 들어왔다. 침대에 누워 음악을 듣다가 잠이 들었다.

"시후야! 진시후!"

눈을 떴다. 엄마 목소리였다.

"왜요."

시후는 감긴 눈을 겨우 뜨고 일어나 방문을 열었다. 눈이 번쩍 뜨였다. 벼락에 맞은 듯 온몸의 털이 쭈뼛 섰다. 빨간 불꽃이 거실을 가득 채우고 있었다. 방문을 닫았다.

"어, 엄마. 불, 불났어."

"시후야, 무조건 밖으로 나가야 해. 밖으로!"

"못 나가겠어! 거실이 온통 불이야. 불타고 있어!"

아빠 목소리가 들렸다.

"베란다. 뒤 베란다로 가서 문 닫아!"

소방차 사이렌 소리가 들렸다. 시후는 베란다로 가서 문을 닫았다. 그러고는 창문을 열고 소리쳤다.

"살려 주세요! 여기예요, 여기!"

소방차 불빛을 보면서 의식을 잃었다.

시후가 깨어났을 때는 엄마의 장례식을 마친 후였다. 엄마가 어떻게 돌아가셨는지 그 누구도 시후에게 알려 주지 않았다. 아빠의 차가운 시선을 마주할 때마다 고개를 떨굴 수밖에 없었다. 시후는 인터넷 뉴스를 보고 알았다. 전동 킥보드 충전기에서 불이 시작되었다는 것을.

시후는 몸을 부르르 떨었다. 생각하지 않으려고 했는데 다시 떠올랐다. 자신은 엄마를 죽게 한 죄인이었다. 영원한 죄인.

시후는 눈을 돌렸다. 초점 없는 눈빛이었다.

바닥에 앉은 김홍빈 대장은 숲을 바라보고 있었다. 파마를 한 것처럼 곱슬곱슬한 머리카락은 땀에 젖어 있었다. 고집스러워 보이는 짙은 눈썹, 탄탄한 근육이 시후 눈에 들어왔다.

"진시후, 엄마가 대학 산악부원이었다는 거 알고 있었냐? 우리 후배였제. 기영우 선생한테서 이야기를 듣고 옛날 앨범을 꺼내 봤당께. 창고에 처박아 두었던 빛바랜 앨범을 펼쳐 보니 누군지 딱 알겠더라. 생기발랄한 여대생이었제. 겁도 없고, 선배들을 무서워

하지도 않았고… 그 녀석, 보고 싶네이."

시후는 기영우 선생에게 들어서 알고 있었다. 기영우 선생이 자신을 희망원정대에 넣으면서 말했다. 엄마가 대학 산악부 출신이라고. 그것도 김홍빈 대장의 후배라고. 그리고 엄마가 살아생전에 꼭 한번 가 보고 싶어 했던 산이 안나푸르나였다고.

할머니는 기영우 선생에게 간곡하게 부탁했다. 시후를 꼭 안나푸르나에 보내 달라고. 안나푸르나가 시후를 어두운 터널에서 꺼내 줄지도 모른다고.

김홍빈 대장의 눈이 허공에 닿았다. 길가에 있던 커다란 대나무가 바람에 흔들리며 소리를 냈다.

사르락- 사락- 사르락-

시후는 숲으로 눈을 돌렸다. 그러고는 대나무 소리에 귀를 바싹 세웠다.

"명석이 그 녀석이 네 엄마 소식을 겁나게 궁금해했시야. 술만 마시믄 은지가 생각난다고 병나발을 불었응께. 가을 축제가 끝나고 한 달 정도 뒤부터 연락이 끊어졌는디, 학과를 찾아가도 만날 수 없고 친구들한테 물어도 몰라서 엄청 힘들어했제."

"에이, 좋아했네. 좋아했어."

태호가 소리쳤다.

"그랬을랑가도 모르제. 니 엄마는 아직도 모를 것이다. 명석이 그 녀석, 원체 숫기가 없었응께. 녀석은 산과 결혼했어야."

"그러니까 연애 한 번 못 해 봤겠네요. 히히히."

태호가 또 끼어들었다.

"대나무 소리 들리제?"

"시끄럽네요."

시후는 자기 생각과 다른 말을 툭 뱉었다.

"시끄럽게 들릴 수도 있제. 난 말여, 대나무 흔들리는 소릴 듣고 있으믄 마음이 편해지드라. 바람이 내려앉은 대나무 숲에 있으믄 대나무 기운 때문인지도 모르겠지만 마음이 차분해진단 말이시. 명상하고 싶을 땐 대나무 숲이 최고여. 가끔 담양 대나무 숲을 찾 아가믄 마음이 편하고 좋아야."

시후는 대나무를 바라봤다. 대나무 잎은 제멋대로 흔들리며 커 다란 소리를 냈다.

사ᅳ아ᅳ 사사아ᅳ 사ᅳ아ᅳ

"비 온 후에 대나무 기둥에 귀를 대고 있으믄 물 흐르는 소리가 난다는 거 알고 있냐?"

"물 흐르는 소리요?"

"대나무 기둥에서 작은 폭포수 흐르는 소리가 들린당께."

"폭포수요?"

"진시후, 넌 저 말을 믿냐?"

태호가 시후를 보며 물었다.

"천태호, 내 말을 못 믿는단 말이제? 나중에 귀국해서 담양에 한번 가 보자."

"대나무 기둥에서 폭포수 소리가 들린다는 말을 누가 믿어요."

"그럼 넌 빠져라. 진시후, 귀국하믄 우리끼리 담양 대나무 숲에 한번 갈끄나?"

"뭐예요? 씨발, 나 빼고 둘이서만 간다고요?"

태호가 벌떡 일어섰다.

"그럼, 너도 붙어 불든가."

"당연히 붙어야죠. 나한테 연락 안 하기만 해 봐요. 확!"

태호가 주먹을 들어 보였다. 입가에는 익살스러운 미소가 흘렀다.

"이젠 괜찮아요. 다 풀렸어요."

시후는 일어서서 발을 뻗었다. 괜찮았다. 배낭을 둘러메고 태호를 봤다.

"고마워."

"씨발, 내 팔이 다 얼얼하네. 나중에 꼭 갚아라."

태호가 시후를 보며 씩 웃었다.

시후는 김홍빈 대장에게 묻고 싶은 것이 있었다. 가장 아끼는 후배를 눈앞에서 잃었을 때 기분이 어땠는지. 죄책감은 없는지.

김홍빈 대장이 시후의 마음을 읽었는지 먼저 말을 꺼냈다.

"명석이, 가끔 그 녀석이 생각난단 말이여. 특히 오늘 같은 날은 더 그러제. 하지만 미안한 마음은 안 가질라고 해야."

"왜요?"

시후는 김홍빈 대장을 봤다.

"명석이랑 같이 14좌 완등을 하고 있응께. 약속을 하나하나 지키고 안 있냐. 히말라야 14좌를 하나씩 하나씩 오를 때마다 명석이는 항상 나와 함께 있었시야."

"헐, 죽었는데 어떻게 함께 있다는 거예요? 죽으면 다 끝이에요. 끝이라고요!"

태호가 소리쳤다.

"천태호, 육체가 없다고 모든 게 사라지는 것은 아니여. 내 기억속에 남아 있으믄 함께 있는 거여."

김홍빈 대장의 목소리는 의외로 차분했다.

시후는 알 수 없었다. 죽으면 끝이라는 말도, 마음속에 함께 남아 있다는 말도. 죽으면 사라져 버린다는 말은 슬프고, 마음에 남아 있는 것은 더 괴로울 수 있다. 시후 마음속에 남아 있는 엄마는 시후를 괴롭혔다.

"처음엔 참 힘들었제. 명석이 떠오르는 날이면 종종 죄책감 때문에 몸과 마음을 혹사했응께. 바보 같은 짓이었는디. 몸을 혹사한다고 죽은 녀석이 살아 돌아오는 것도 아니고. 그땐 내 몸을 망가뜨리는 것이 그 녀석에게 속죄하는 느낌이었응께."

김홍빈 대장의 걸음은 빠르지도 느리지도 않았다. 일정했다. 태호는 시후를 밀어내고 자신이 김홍빈 대장 가까이 붙어 섰다.

시후는 천천히 걸으며 생각에 빠져들었다.

엄마가 죽은 후 시후는 자신을 주변의 모든 것과 단절시켰다. 특히 아빠의 차가운 눈. 시후를 바라보는 아빠의 얼음 같은 눈초리는 '넌, 왜 지금까지 살아 있어!'라고 묻는 듯했다. 아빠가 시후를 볼 때마다 했던 말은 '제 엄마를 죽인 놈'이었다. 그런 아빠를 보면 몸과 마음이 움츠러들었다. 굼벵이처럼 땅속 깊은 곳으로 숨어 버리고 싶었다. 그러다 보니 집에서는 항상 그림자처럼 지냈다. 하지만 한계가 있었다. 독을 품은 아빠 목소리는 시간이 지날수록 그 강도가 더 심해졌다.

그림자처럼 지낸 지 8개월이 조금 지났을 때였다. 침대에 잠시 누웠다가 깜박 잠이 들어 버렸다. 목이 타는 것처럼 갈증이 나서 눈을 떴다. 시뻘겋게 타오르는 불 속에서 메케한 연기를 마신 느낌이었다. 시후는 부엌으로 갔다. 물병의 물이 목구멍 속으로 벌컥벌컥 흘러 들어올 때였다.

안방 문이 벌컥 열렸다. 아빠 눈과 마주치는 순간 숨을 쉴 수가 없었다. 물이 목구멍에 켁 하고 걸리고 말았다. 얼굴은 빨갛게 달아올랐고, 이마의 힘줄은 툭 튀어나왔다. 목에 걸린 물을 밖으로 뱉어 냈다.

켁- 켁- 켁-

목이 상처가 난 듯 따가웠다. 눈물이 찔끔 났다. 정신을 차리고 아빠를 보는 순간, 아빠 얼굴이 일그러질 대로 일그러져 있는 게 보였다. 시후는 아빠 눈을 피해 재빨리 방으로 들어가 문을 닫았다. 심장이 쿵쾅쿵쾅 뛰었다.

아빠 목소리가 들렸다.

"이 새끼는 뭐가 잘났다고 아직도 살아 있는 거야."

어디서 그런 오기가 생겼는진 모른다. 시후는 방문을 벌컥 열고 소리쳤다.

"아빠는 뭐가 잘났어요? 엄마가 죽을 때 아빠는 뭐 했어요! 보고만 있었잖아요! 엄마를 죽게 한 거는 아빠나 나나 똑같다고요!"

아빠 얼굴이 새빨갛게 변했다. 이마의 퍼런 힘줄은 푸들푸들 뛰었고, 핏발이 일어선 두 눈은 불을 뿜어 댔다. 아빠의 두 손이 후들후들 떨리는가 싶더니 몸을 돌려 베란다로 뛰어갔다. 시후는 방문을 닫고 문을 잠갔다. 문 두드리는 소리가 났다.

"문 안 열어! 이 새끼가 말 다 했어? 그래, 너 죽고 나 죽자!"

잠시 조용해지는가 싶더니 열쇠로 문 여는 소리가 들렸다. 아빠가 방문을 활짝 열어젖혔다. 그 순간 아빠의 골프채가 날아왔다.

깨어 보니 병원이었다. 골프채를 맞고 기절해 버린 것이다. 무서웠다. 집에 가고 싶지 않았다.

퇴원한 후, 시후는 방에서 나오지 않았다. 방문을 꼭꼭 닫아걸었다. 아빠가 무서웠고, 모든 것이 무서웠다.

모두가 잠든 한밤중에 옥상으로 갔다. 하늘에는 별들이 유난히 많았다. 별 사이로 엄마 얼굴이 보였다. 일그러진 엄마 얼굴이. 고개를 돌려 버렸다. 어둠에 싸인 바닥을 내려다봤다. 순간 심장이 쿵쾅거렸다. 시후는 뛰어내릴 용기조차 없었다. 결국 다시 방으로 돌아올 수밖에 없었다. 그렇게 또 다른 그림자가 되어 갔다.

고등학생이 된 어느 날, 할머니가 찾아왔다. 할머니 얼굴을 보고 있으면 엄마의 늙었을 때 모습이 그려졌다. 할머니가 손자를 시골로 데려가겠다고 했지만, 아빠가 반대했다. 결국 할머니는 짐을 싸서 집으로 들어왔다. 하나뿐인 손자를 지키겠다는 일념으로. 때를 맞춘 듯 아빠는 다른 지방으로 발령받아 갔다.

할머니는 아빠가 없는 집을 바꾸기 시작했다. 창문을 활짝 열었고, 화초를 들여놓고, 음악을 틀었다.

쌀쌀한 공기가 남아 있었지만, 햇볕이 뜨거운 초여름이었다. 할머니 손에 이끌려 밖으로 나왔다. 할머니와 함께 간 곳은 '희망학교'였다. 할머니의 간곡한 부탁은, 아니, 소원은 시후가 희망학교에 다니는 거였다. 몇 명 되지 않는 아이들, 자유분방한 아이들 틈에 끼지도 못할 시후였지만, 할머니는 시후를 희망학교에 넣었다.

학생들은 각자 생활했다. 하고 싶은 것을 했다. 선생님은 그냥 희망학교에서 놀다 가라고 했다. 컴퓨터게임을 좋아하면 컴퓨터게임을 하고, 노래를 부르고 싶으면 노래를 부르고, 춤을 추고 싶으면 춤추고, 웹툰을 보고 싶으면 웹툰을 보고, 잠을 자고 싶으면 자고. 단 하나 지켜야 할 것은 다른 친구에게 피해를 주지 않으면서 하고 싶은 것을 해야 한다는 거였다. 방에 틀어박혀 게임이나 하고 잠만 잤던 시후는 하고 싶은 것이 없었다. 기영우 선생은 시후에게 그냥 책상에 엎드려 잠만 자도 되고 게임만 해도 된다고 했다.

희망학교는 이상한 학교였다.

시후에게 관심을 두는 친구는 없었다. 시후는 자신에게 관심을 두지 않는 친구들이 있는 학교에 다녀 보기로 했다. 엄마의 엄마인 할머니 소원이었기에. 그렇게 시후는 몸은 살아 있으되, 머리는 텅 비어 있는 그런 아이가 되었다.

어느덧 1학년이 끝나는 2월, 눈발이 휘날리는 날이었다. 기영우 선생이 시후를 찾아왔다. 희망원정대에 들어오라는 것이었다. 그때 기영우 선생이 말했다. 엄마가 대학 산악부 출신이었다는 것을.

'엄마가 대학 산악부 출신이라고?'

대학 때 산악부 활동을 하며 산에 다녔고, 암벽도 잘 탔다는 엄마의 모습을 상상할 수 없었다. 대학 축제 때 학교에 온 할머니가 학교 벽을 타는 엄마를 보고 놀라 쓰러졌다고 했다. 산악부 활동을 그만두지 않으면 죽어 버리겠다는 할머니의 극단적인 반대로 엄마는 산악부 활동을 그만둘 수밖에 없었다는 것이다.

시후는 기억을 더듬었다.

엄마가 EBS 프로그램에서 방영하는 에베레스트 등정 다큐멘터리를 열심히 보고 있던 일을, 우리나라 산악인들의 해외 원정 소식을 유난히 챙겨 보던 일과 산에 대한 프로그램을 볼 때면 눈을 반짝였던 일을. 그때는 전혀 몰랐다.

치마를 입고 예쁘게 화장했던, 지극히 여성스러웠던 엄마 모습 외의 다른 모습은 떠오르지 않았다. 기영우 선생이 엄마가 대학 산악부 활동을 하던 때 산에서 찍은 빛바랜 사진을 보여 주었다. 상상으로도 전혀 생각하지 못했던 엄마 모습이었다. 시후는 엄마가 감추었던 본 모습을 자신에게 보일 때가 있었는지 기억해 내려고 했다. 그러다가 엄마가 했던 말을 기억해 냈다.

엄마는 시후의 손을 꼭 잡고 말했다.

"사람은 도전 정신이 있어야 하는 거야. 꿈을 가지고 자신이 하고 싶은 일을 끝까지 밀고 나갈 수 있어야 해. 엄마는 하고 싶은 것을 포기했어. 우리 시후는 엄마처럼 되지 않았으면 좋겠어. 엄마는 시후가 하고 싶어 하는 일은 무조건 밀어줄 거야."

시후는 김홍빈 대장을 봤다. 짙은 눈썹 아래 눈동자가 젖어 있었다.

"언제부터 마음을 바꾼 거예요?"

시후는 알고 싶었다.

"그날도 술을 취하도록 마시고 있었는디 방송에서 속보가 뜨드라고. 고은석 대장이 안나푸르나 등반 도중 실종됐다는 거여. 그때가 2011년 10월 18일이었제. 술이 딱 깨 불드라고. 그날 명석이와 함께 오르자고 했던 히말라야 14좌 등정을 마치기로 결심한 거여. 그것이 명석이가 바라는 일일 것 같았응께."

"고은석 대장이 누구예요?"

시후가 궁금하다는 듯 물었다.

"고은석 대장은 대단한 산악인이었제. 끊임없이 도전을 했응께. 2005년에 산악 그랜드 슬램을 이루었어야. 지구의 세 극점과 일곱 개 대륙 최고봉, 8,000미터 14좌를 모두 등정해 브렀당께. 고은석 대장은 산에 다니지 않는 사람은 산악인이 아니라고 했으니께. 대단허지 않냐?"

시후는 김홍빈 대장을 올려다봤다. 13좌 등정을 마쳤다는 김홍빈 대장. 손가락 없이 고산을 오르는 것도 그에 못지않게 대단한 일이었다.

"실패도 많이 했지만, 산을 오를 때믄 몸도 마음도 편하더라. 명석이가 응원해 주고 있다는 믿음 때문인지 몰라야."

김홍빈 대장이 고개를 돌려 시후를 봤다. 웃는 얼굴이었다. 시후의 붉게 탄 얼굴이 더욱 붉어졌다. 시후는 말없이 걸음을 옮겼다. 김홍빈 대장에게 묻고 싶은 것은 많았지만 참기로 했다. 시간은 많으니까. 발걸음 소리와 스틱 찍는 소리 사이로 대나무 잎이 바람에 흔들리는 소리가 들렸다.

사르락- 사르락- 사락-

숲을 빠져나왔다. 친구들의 커다란 목소리가 들렸다.

"우와~ 엄청나게 크다."

"눈이 부신다, 부셔."

"진짜 멋있다."

마차푸차레가 크게 다가왔다. 하얀 눈 덮인 산이 눈부실 정도로 아름다웠다. 아니, 감동적이었다. 신의 영역, 신의 산. 그 아름다움은 놀랍도록 눈이 부셨다.

"역시 마차푸차레는 볼 때마다 멋져 부러."

김홍빈 대장이 중얼거렸다. 그러고는 멈추어 선 일행을 보며 소리쳤다.

"뱀부에서 보는 마차푸차레는 더 멋있을 거여. 이제 조금만 더 가면 뱀부니께 거기서 마음껏 보자."

출발하자는 소리였다. 일행은 다시 걷기 시작했다. 내리막 계단이었다.

"애들아, 무릎 나가기 싫으면 천천히 내려가야 한다. 뱀부 로지까지 내리막이니까 조심해라."

기영우 선생의 목소리였다. 시후는 천천히 계단을 밟기 시작했다. 계단 주위로는 대나무가 즐비해 있었다.

"느그들, 뱀부가 왜 뱀부인지 아냐?"

김홍빈 대장이 물었다. 시후는 고개를 저었다.

"이 대나무들이 주인공이랑께. 뱀부는 대나무라는 뜻이잖여. 여기에 대나무가 많아서 뱀부라고 이름을 지었어."

해발 2,000미터가 넘는 곳에 대나무가 많은 것도 신기한데, 뱀부가 대나무라는 뜻이라니 더욱 신기했다.

"혹시 뱀부에 뱀도 많은 건 아니겠죠? 대나무밭에는 뱀이 많다던데."

태호가 팔딱팔딱 뛰면서 물었다.

"꺅! 뱀, 싫어요!"

은서가 자지러지게 소리쳤다.

"나도 뱀, 싫어."

소하도 연우를 보며 말했다.

"누가 뱀이 많다고 했나? 걱정하지 마라. 뱀은 없으니까."

기영우 선생의 목소리에 친구들은 휴- 하고 한숨을 내쉬었다.

뱀부 로지가 일행의 눈에 들어왔다.

아침 7시에 출발하여 오후 5시에 도착한 뱀부 로지. 이제 하루라는 긴 여정이 끝나고 있었다.

생각이 사람 보는 눈을 바꾸게 한다

밤부(2,145미터) → 어퍼도반(2,600미터)

밤부의 밤은 고요했다.

일행은 저녁밥을 먹자마자 쓰러져 잤다. 대나무가 살랑이는 소리는 자장가가 되어 일행을 잠 속으로 끌어당겼다. 대지 위의 모든 것이 잠든 밤. 둥그런 달이 마차푸차레 봉우리로 떠올랐다.

소하는 잠에서 깼다. 옆에서 잠든 은서의 쌔근쌔근 코 고는 소리는 하루가 힘들었다는 것을 말해 주고 있었다. 차갑게 쏘아붙이는 은서. 끝없는 오르막 계단을 오를 때도 힘든 내색을 하지 않고, 얼음공주처럼 냉랭한 기운을 발산하는 은서. 매몰차게 말하는 은서를 볼 때마다 엄마, 아빠가 떠올라 소하를 힘들게 했다.

소하는 침낭 밖으로 얼굴을 내민 은서를 봤다. 미소 지은 얼굴이 평온해 보였다. 차가운 기운을 뿜어내던 모습과는 다른 얼굴이었다. 땀을 뻘뻘 흘리면서 기분이 상쾌하다고 소리쳤을 때 웃던, 어린아이처럼 좋아하던 은서는 소하와 눈이 마주친 순간 눈빛이 흔들리는가 싶더니 이내 가을 서릿발처럼 날카로운 시선으로 바꾸었다.

소하는 몸을 웅크렸다. 다시 눈을 감았지만, 머릿속은 말똥말똥했다. 김홍빈 대장 말이 떠올랐다.

─데우랄리 로지로 올라가는 동안 날씨 변화와 고도 변화를 느낄 수 있을 것이다. 지금까지 올라온 길과는 다르게 힘들 거여. 고산증세를 느낄 수도 있응께 몸 관리 잘해라. 잠을 푹 잘 수 있는 시간은 오늘뿐일 수도 있응께 푹 자드라고.

'고산증세라고… 머리가 아플까? 숨쉬기 힘들까? 가슴이 답답할까? 나한텐 어떻게 나타날까? 지금 주하는 잘 있을까? 할머니, 할아버지는 힘들어하고 있지 않겠지?'

소하는 눈을 감고 누웠지만, 머릿속에서는 생각이 꼬리에 꼬리를 물고 이어졌다. 결국 이리저리 뒤척이다가 밖으로 나왔다. 서늘한 공기가 목덜미 안으로 파고들었다. 차가웠다. 달빛 사이로 들리는 풀벌레 소리가 고운 선율로 다가왔다. 풀벌레를 찾던 소하는 걸음을 멈추었다. 하얀 봉우리가 그 어느 때보다 가까이에서 소하를 내려다보고 있었다. 물고기 꼬리 모양의 마차푸차레 봉우리가 달빛을 받아 빛을 냈다.

'진짜 멋있다.'

소하는 턱을 괴고 앉았다.

낮에 보았던 모습과 달랐다. 마치 숨을 쉬고 있는 모든 것들이 잠들었을 때 혼자서 몰래 아름다움을 뽐내려는 것처럼 빛을 발산하고 있었다. 하얀 봉우리 위로 주하의 웃는 얼굴이 보였다. 할아버지와 할머니 얼굴이, 그리고 화가 잔뜩 난 엄마, 아빠 얼굴도.

소하는 한국을 떠나오면 잊을 수 있을 줄 알았다. 아니, 안나푸르나에 오면 한국의 일은 까마득하게 잊힐 줄 알았다. 그런데 아니었다. 잠시 휴식을 취할 때도, 나무와 풀과 야생화를 보며 아름다움에 넋 놓고 있을 때도, 힘들어서 숨을 헉헉 내쉴 때도, 잔뜩 찡그린 주하 얼굴이, 화가 잔뜩 난 엄마, 아빠가 싸우는 모습이 머릿속에서 떠나지 않았다. 한국에서의 일들이 머릿속을 이리저리 헤집고 다녔다.

두 사람은 성격 차이 때문이라고 했다. 하지만 소하는 알고 있었다. 성격 차이가 아니라는 것을. 단지 자폐 스펙트럼 장애가 있는 자식에 대한 부담감을 덜어 내고 싶었을 뿐이라는 것을. 자신들의 명예에 오점이 되는 아들인 주하를 어떻게든 떨쳐 내고 싶어 한다는 것을.

중학교 2학년 여름방학 때였다.

소하는 정확히 기억한다. 7월 30일 수요일 저녁 7시 28분. 친구들은 모두 여름휴가를 떠났다. 바다로, 계곡으로, 다른 나라로. 그런데 소하네 가족은 집에 있었다. 창피해서 휴가를 갈 수 없다는 이유로. 아니, 너무 힘들어서 휴가는 휴가가 아니라 육체적으로나 정신적으로 너무 과도한 노동이라고 했다. 화가 났다. 그런 부모님을 이해할 수 없었다. 그동안 마음 한구석에 차곡차곡 쌓아 놓았던 분노가 부글부글 끓기 시작했다. 지하 깊숙한 곳에서 뜨거운 마그마가 분출하듯, 가슴 깊은 곳에 쌓여 있던 분노가 결국 폭발하고 말았다.

"우리는 엄마, 아빠가 마음대로 할 수 있는 소유물이 아니라고! 엄마, 아빠가 원하는 대로 움직이는 소유물이 아니란 말이야! 자기들 마음대로 낳아 놓고 창피하다고? 싫다고?"

소하는 자신의 말에 흠칫 놀랐다. 하지만 한번 분노를 분출시키자 그동안 쌓였던 말들이 목구멍에서 쏟아져 나왔다.

"엄마, 아빠가 조금만 신경 썼으면 주하, 저렇게 안 됐어! 엄마나 아빠가 조금만이라도 관심을 가졌으면 주하 이렇게 나빠지지 않았을 거야. 평범한 아이가 될 수도 있었다고!"

"어머머, 너 미쳤니?"

"아니. 난, 멀쩡해. 아주 멀쩡하다고!"

"너, 누구한테 말대꾸하는 거야?"

엄마의 손이 소하의 뺨을 강타했고, 아빠의 고함은 포효하는 야생의 맹수 같았다.

"뭐야? 지금까지 먹여 주고 재워 주고 키워 주었더니, 뭐라고!"

"먹여 주고 재워 주기만 하면 다야? 낳기만 하면 다냐고! 우리가 태어나고 싶어서 태어났냐고!"

소하는 거실 장식장 옆 구석에서 몸을 잔뜩 웅크리고 있는 주하를 가리켰다. 주하는 몸을 벌벌 떨고 있었다. 주하는 두 손으로 양쪽 귀를 막고 소리쳤다.

"으으으우, 으으으."

"저 소리, 저 소리 지겨워! 으, 지겹다고! 너, 소리 그만 질러! 방 구석에 처박혀 있던가!"

아빠 목소리는 얼음 깨지는 소리처럼 차갑고 날카로웠다. 소하는 주하를 일으켜 세웠다.

"당신들은 부모 자격도 없는 어른이야."

"뭐? 너, 너! 지금 뭐라고 했어! 당신들이라고?"

엄마가 버럭 소리를 질렀다. 그 뒤로 아빠의 차가운 목소리가 들렸다.

"자식 교육을 어떻게 한 거야?"

"내가 뭐? 이게 다 당신 때문이잖아!"

"뭐라고? 말 다 했어!"

소하는 주하를 데리고 방으로 들어가 문을 쾅 닫았다. 주하는 책상 밑으로 들어가서 무릎을 괴고 앉아 손톱을 물어뜯기 시작했다. 불안할 때면 나오는 버릇이었다.

소하는 처음으로 부모님 앞에서 소리를 질렀다. 그동안 참았던 감정을 폭발시키고 나니 희열감이 느껴졌다.

엄마와 아빠의 고함은 점점 커졌다. 소하는 이어폰을 끼고 이불을 뒤집어썼다.

난 괜찮아, 난 괜찮아!
시련이란 그런 거야
이겨 낼 수 있어! 난 ' 나 ' 니까

먹구름이 몰려와도
난 괜찮아, 난 괜찮아!
비바람이 불어와도
난 괜찮아, 난 괜찮아!
눈보라가 몰아쳐도
난 괜찮아, 난 괜찮아!

이겨 낼 수 있어! 난 ' 나 ' 니까

난 '나'니까!

웃을 수 있어!

활짝 웃는 거야

난 '나'니까! 난 '나'니까!

이어폰에서 흘러나오는 노래는 조금이나마 마음을 위로해 주었다.

소하는 말이 없는 조용한 아이였다. 있는지 없는지 모르겠다고 할 정도로. 엄마, 아빠는 모든 것이 흐트러짐 없이 완벽해야 했다. 차가운 눈빛, 딱딱하면서 냉정한 말투 속에서 살아가기 위해서는 말이 없어야 했다. 말을 하지 않으면 말 잘 듣는 아이라고 했다. 소하는 부모님의 관심에서 비켜나기 위해, 혼자의 시간을 가지기 위해 공부했다. 주하 몫까지 열심히 해야 한다는 강박 관념이 공부하게 했다. 주하도 열심히 보살폈다.

주하가 크면서 문제가 있다는 것을 알아차린 이도 소하였다. 소하는 주하의 이상 행동에 대해서 인터넷 창에 적었다. 검색 결과는 자폐 스펙트럼 장애였다. 자폐 스펙트럼 장애는 조기 발견이 매우 중요하다고 했다. 어릴 때 발견해 적절한 치료와 교육훈련을 받으면 그만큼 적응력이 향상될 수 있기 때문이라고. 부모가 자폐 스펙트럼 장애가 있는 아이를 인정하는 것이 중요하다고 했다. 하지만 엄마와 아빠는 주하의 자폐 스펙트럼 장애를 인정하려고 하지 않았다. 주하를 다그치기만 했다.

주하의 자폐 스펙트럼 장애를 인정한 후에는 서로에게 책임을 전가하면서 주하를 포기하려고 했다. 결국 부모님은 주하의 문제를 서로에게 떠넘기기 위해 이혼했다. 누군가 사람을 이기적인 동물이라고 했는데, 맞는 말이었다.

소하 부모님은 S대 출신이다. 다른 사람들이 우러러보는 전문직에서 일하고 있다. 그만큼 엄마와 아빠는 자신들만큼이나 완벽한 자식을 원했다. 자신들의 생활에 바쁜 엄마, 아빠는 소하와 주하가 아기 때부터 보모에게 맡기고 관심을 주지 않았다. 보모의 손에서 자란 둘은 엄마와 아빠를 볼 때마다 낯설었다. 그처럼 자식에게 무관심했던 엄마, 아빠였다.

완벽할 것만 같았던 가족에게 금이 가기 시작한 것은 주하가 초등학교 2학년 때 자폐 스펙트럼 장애 진단을 받으면서다. 그때부터 모든 것이 달라졌다. 다른 아이들과 다르다고, 천재적인 기질이 있다고 생각했던 엄마, 아빠는 주하의 자폐 스펙트럼 장애를 받아들이지 않았다. 주하가 일반적인 아이들과 다른 천재성을 가지고 있다는 말을 듣고 싶었던 엄마, 아빠는 전국의 유명한 의사를 찾아다녔다. 하지만 의사 선생님들은 똑같은 말을 했다.

"주하의 상태를 빨리 알아차려서 치료했더라면 이렇게까지 나빠지지는 않았을 겁니다."

결국 엄마, 아빠가 주하의 장애를 인정하면서 모든 것이 달라졌다. 서로를 헐뜯으면서 책임을 전가하기 시작했다.

"당신은 엄마면서 뭘 했던 거야?"

"그러는 당신은 뭘 했어? 당신은 아빠잖아."

"애들은 엄마가 키워야 하는 거야. 집에서 애들이나 잘 키우라고 했잖아!"

부모님은 서로를 불신하게 됐고, 소하와 주하는 안중에도 없었다. 서로에게 상처 주기에만 바빴다. 그 상처는 소하와 주하에게 되돌아왔다. 결국 주하가 중학교 2년, 소하가 고등학교 1학년 때 엄마와 아빠는 이혼했다.

두 사람은 이혼을 결정하고도 또 다른 싸움을 했다. 양육권 문제였다. 자식에 대한 양육권을 서로에게 미루었다.

"당신이 낳았으니까 당신이 키워야지. 엄마잖아!"

"당신 씨잖아. 당신 씨로 만들었으니 당신이 데려가!"

"뭐? 당신, 애들 엄마 맞아?"

"난 자신 없어. 당신 부모님이 잘 키워 줄 거야."

"애들은 엄마가 키워야 해."

"애들은 클수록 아빠가 더 필요한 거야."

소하는 그런 부모님을 볼 때마다 역겨웠다.

"우린 엄마, 아빠 다 필요 없어. 우리끼리 살 거야! 그러니까 신경 쓰지 마!"

소하는 자신의 부모가 이기적인 인간이라는 것을 인정할 수밖에 없었다.

오누이가 결정할 수 있는 것은 없었다. 결국 어쩔 수 없이 아빠에게 넘어온 양육권. 아빠 자신은 너무 바빠서 남매를 돌볼 수 없다고 했다. 결국 남매는 할아버지 집으로 보내졌다. 그렇게 둘은 할아버지, 할머니가 있는 시골에서 생활하게 되었다.

주하는 시골 생활을 좋아했다. 소하도 대도시보다 시골이 좋았다. 할머니는 주하를 데리고 학교와 치료센터를 다녔다. 할아버지는 주하가 흙을 좋아한다는 것을 알고 산기슭에 있는 도예원을 찾아갔다. 주하는 물레를 돌리고 도자기를 만들기 시작했다. 흙을 반죽하고 물레 돌리는 것이 좋다는 주하를 위해 할아버지는 주하가 만든 도자기를 구웠다. 주하는 가끔 떼를 쓰고 어린애 같은 행동을 하기도 했지만, 도자기를 만들 때만큼은 전문가 못지않은 집중력을 발휘했다.

소하는 의젓하게 물레를 돌리는 주하 모습을 생각하는 것만으로도 행복했다.

'정말 다행이야.'

주하뿐만 아니라 자신에게도.

"멋있지?"

소하는 화들짝 놀라 뒤돌아봤다. 김지현 선생이었다. 언제 방에서 나왔는지 소하 뒤에 서 있었다.

"저 때문에 깨신 거예요?"

"아니. 넌 잠이 안 와서 나온 거야? 고산에 오면 항상 이렇다니까."

"……."

"뒤에 한참 서 있었는데도 모르더라. 뭔 생각을 그렇게 했어?"

"그냥요."

"힘들지 않아?"

"참을 만해요. 이보다 더한 것도 참았는데요."

"더한 것도 참았다… 힘들면 언제든 말해. 알았지?"

"네."

"으, 춥다. 이젠 들어가야겠다. 내일 걸으려면 조금이라도 자 둬야 해."

"먼저 들어가세요. 저는 조금만 더 있다가 들어갈게요."

"그래? 그럼 5분이다. 5분만 있다가 들어와."

"네."

소하는 건물 안으로 사라지는 김지현 선생의 뒷모습을 가만히 바라봤다.

'김지현 선생님은 어떤 어른일까?'

소하는 또 생각했다. 좋은 대학을 나오고, 좋은 직장을 다니고, 돈을 많이 번다고 좋은 어른이 되는 건 아니라고. 엄마, 아빠가 좋은 어른이 아니라는 것이 슬펐다. 눈에 눈물방울이 맺혔다. 눈물이 볼을 타고 흘러내렸다.

'다신 울지 않을 거라고 다짐했는데······.'

소하는 눈물을 닦고 일어섰다. 숙소로 들어가는 소하의 등 뒤로 물고기 꼬리 모양의 하얀 봉우리가 빛을 냈다. 울지 말라고, 너무 슬퍼하지 말라고 등을 토닥토닥 두드려 주듯.

"정소하, 일어나! 늦었어."

연우가 소하를 흔들었다.

"으응, 몇 시야?"

소하는 눈을 뜨지 않은 채 물었다.

"6시 30분. 7시에 출발한다고 했잖아. 30분 만에 밥 먹고 짐 챙겨야 해."

"벌써?"

소하는 억지로 눈을 떴다. 아침 햇살이 방을 환하게 비추고 있었다. 몸이 무거웠다. 침낭 밖으로 나온 소하는 연우가 이끄는 대로 식당으로 갔다. 밥 위에 달걀 프라이가 놓여 있었다. 억지로 밥을 입에 넣었다. 꼭 모래알을 씹는 것 같았다. 20분 만에 밥을 후다닥 먹고 배낭을 챙겨 밖으로 나왔다.

김홍빈 대장이 일행을 둘러보며 말했다.

"어제 이야기했던 대로 오늘 목적지는 데우랄리 로지여. 도반을 지나믄 날씨가 확 달라져 부러야. 고도가 800미터 정도 올라강께 배낭에 비니와 우모복을 넣었는지 꼭 다시 한번 확인해라이."

일행은 비니와 우모복이 쉽게 꺼낼 수 있는 곳에 있는지 확인했다.

"빼묵은 사람 없제?"

"네!"

"자, 이제 3,140미터 고지를 향해 출발한다."

소하는 고도가 800미터 올라간다는 말이 무엇을 의미하는지 이해할 수 없었지만, 걷다 보면 알 수 있을 거라고 생각하며 배낭을 멨다.

그때였다.

"정소하, 선두에 설 거야?"

은서였다.

"아, 아니. 잠을……."

소하의 말이 끝나기도 전에 은서는 앞으로 걸어가 버렸다. 연우가 은서를 보며 말했다.

"까칠하지? 은서, 자신의 생각을 직설적으로 내뱉어서 그렇지 마음은 여려."

연우가 은서를 불렀다.

"배은서, 같이 가자."

"최준서 바라기가 웬일이야? 난 혼자 걷는 게 좋아."

연우는 준서와 함께 은서 뒤에 따라붙었다. 소하는 몸이 무거웠다. 머리도 지끈거렸다.

소하는 희망원정대에 들어오기 전까지는 산 입구에도 간 적이 없었다. 엄마, 아빠는 산에 가는 사람을 이해하지 못했다.

"주말에 편하게 즐길 수 있는 것들이 얼마나 많은데, 왜 힘들게 산에 가는 거야?"

"내려올 거면서 왜 힘들게 올라가는지 이해할 수 없다니까."

사회문제나 핫뉴스에 대해서는 서로 자신의 의견이 옳다고 주장하며 생각을 굽히지 않는데, 산에 가는 사람을 이해할 수 없다는 생각은 두 분이 일치했다. 학생은 공부만 해야 한다는 생각 또한 두 분이 잘 맞았다.

그런 이유로 소하는 주말이면 더 바빴다. 주중에 못 가는 학원을 주말에 다녀야 했다. 취미 생활을 하거나, 친구를 만나는 건 꿈도 꿀 수 없었다. 하지만 엄마와 아빠가 이혼하고 할아버지 집으로 내려오면서 모든 것이 변했다. 읍내에 하나뿐인 고등학교에는 학생 수가 많지 않았다. 학원에 다니지 않아도 성적은 상위권을 유지할 수 있었다.

교육청에서 도내 고등학생을 대상으로 '히말라야희망학교 희망 원정대'를 모집한다고 했을 때 소하는 덜컥 신청서를 냈다. 산에 오르는 사람을 이해할 수 없다는 엄마, 아빠에 대한 반발심이었다고나 할까.

소하는 희망원정대원을 뽑기 위한 1차 훈련을 일주일 남겨 놓고 할아버지와 할머니에게 말했다. 반대할지도 모른다는 생각은 하고 있었지만, 할머니 반대가 생각보다 완강했다.

"안 된다! 그 위험한 곳에 간다고? 절대 안 된다."

"위험하지 않대요."

"눈 덮인 산에 가는데 어떻게 위험하지 않다는 말이냐?"

"할머니가 걱정할 정도로 위험하진 않아요. 난 나 자신을 시험해 보고 싶어요. 극한 상황에서도 이겨 낼 수 있는지 알고 싶다고요."

소하도 완강했다. 할머니와 소하의 대치 상황에서 할아버지가 중재에 나섰다. 할아버지는 기영우 선생을 만났다.

"훈련에 참여한다고 해서 다 히말라야에 갈 수 있는 것은 아닙니다. 훈련을 마친 후 최종 선발된 학생들만 갈 수 있습니다. 그러니까 너무 염려하지 않으셔도 됩니다."

기영우 선생 말을 들은 할아버지는 할머니를 설득했다. 최종 선발에서 떨어지면 갈 수 없다는 말에 할머니는 손녀가 희망원정대 선발에서 떨어지기를 바라며 매일 기도했다.

소하는 원정대에서 떨어지지 않기 위해 열심히 훈련에 참여했다. 훈련하면서 오른 산들은 결코 쉽게 오를 수 있는 곳들이 아니었다. 그중 제일 높은 산인 지리산 천왕봉(1,915미터)을 오를 때는 포기하고 싶었다. 하지만 천왕봉에 오르고 나서 알았다. 사람들이 왜 산을 오르는지. 땀을 뻘뻘 흘리면서, 터질 듯한 심장을 부여잡고 힘들게 정상에 서자 가슴이 벅찼다. 정상에서 비로소 자신이 살아 있다는 느낌을 받았다. 사람으로서 살아야 할 이유를 찾게 되었다. 그렇게 산의 매력에 푹 빠져 버렸다.

소하는 히말라야 안나푸르나를 오르면서 산의 숨결을 느꼈다. 고도가 점점 높아질수록 산은 다양한 매력을 발산했다. 2,300미터인 뱀부까지 올라오는 동안에 본 아름다운 풍경, 끝이 없을 것 같은 계단, 나무들. 이 모든 것은 그것만의 매력을 담고 있었다. 이제 3,140미터의 풍경은 어떤 매력을 발산할지 궁금했다. 소하의 가슴이 콩닥콩닥 뛰었다.

"애들아, 오늘 목적지는 어디라고?"

선두에 선 기영우 선생이 뒤돌아보며 물었다.

"데우랄리 로지요."

"그래, 데우랄리 로지다. 데우랄리 로지는 고도가 3,200미터야. 올라갈수록 날씨 변화와 고도 변화를 느낄 수 있을 거야. 로도반을 지나고 어퍼도반을 지날 때면 날씨가 확 달라지는 것을 직접 느낄 수 있다는 말이다. 그때 고산증세가 나타날 수도 있으니까 되도록 천천히 걸어야 한다."

"걱정하지 마세요. 빨리 걷고 싶어도 힘들어서 걷질 못하겠으니까요."

봉남이 다리를 쫘악 뻗었다.

일행은 잠시 휴식을 취한 뒤 출발했다. 선두에 선 기영우 선생 옆에 봉남과 은서가, 그 뒤로 준서와 연우, 태호와 시후, 소하 그리고 김지현 선생과 김홍빈 대장이 맨 뒤에서 걸었다.

고도가 높아질수록 선두의 역할이 중요하다. 고산증세가 오는 것을 막기 위해 최대한 천천히 걸으면서 페이스를 맞춰야 한다.

돌계단이 이어졌다.

소하는 온몸이 뻐근했다. 몽롱한 기분을 느끼며 앞서 걸어가는 친구들의 뒷모습을 봤다. 봉남과 함께 선두에 선 은서는 맨 앞에 서야 마음이 편하다고 했다. 은서는 힘들어하면서도 꾸역꾸역 앞에서 걸었다. 자기 생각을 스스럼없이 내뱉으며 까칠한 말과 행동을 하는 은서가 짜증이 날 때도 있지만, 한편으론 부러웠다. 소하는 연우의 말을 떠올렸다.

'까칠해 보이지만 마음이 여려.'

배은서, 얼음공주의 마음이 여리다니 믿을 수가 없었다.

"힘드냐?"

김홍빈 대장이 소하를 보며 물었다.

"괜찮아요."

"선배, 약하게 보지 마세요. 의외로 강단 있는 친구예요."

김지현 선생이 소하를 보며 말했다.

"저는요?"

몇 발자국 앞에서 걷고 있던 태호가 뒤돌아봤다.

"물론 너도 깡다구가 있지."

"깡다구? 헤헤헤. 제가 깡다구 하나는 짱이죠."

"이그, 그게 그렇게 좋니?"

태호는 손을 들어 올리더니 앞으로 성큼성큼 걸어갔다.

"천태호! 너, 그렇게 빨리 걷다가 큰일 난다. 천천히 걸어!"

김지현 선생이 소리쳤다.

"걱정하지 마세요. 전 고산병 같은 거 안 걸리니까요."

"천태호, 저 단순함과 자신감은 못 말린다니까."

김지현 선생이 앞서 걸어가는 태호를 보며 말했다.

"걱정 붙들어 매세요."

자신만만해 보이는 태호다.

"단순한 사람은 자신이 상대방에게 상처를 준다는 걸 잘 모르는 게 문제예요."

소하가 중얼거렸다.

"상대의 감정을 모르는 게 문제긴 해."

시후였다. 소하는 시후를 슬쩍 훔쳐봤다. 언제 내 말을 들었지, 하고 묻듯이.

"너희들, 모의하냐? 날 몰아세우기로."

김지현 선생이 소하와 시후를 돌아봤다.

"또, 또. 애지간히 해라."

김홍빈 대장의 말에 김지현 선생은 눈꼬리를 올리더니 앞서 걷기 시작했다.

"김지현 선생! 그렇게 빨리 걷다가 고산병 걸리믄 어쩔라고 긍가?"

"그럴 일 없거든요."

"까칠한 건 여전하네이."

김홍빈 대장의 얼굴에 웃음이 만발했다.

나무가 우거진 숲을 지나자 작은 개울이 나타났다. 개울 위로 놓인 나무다리는 엉성했다. 엉성하게 짜인 나무다리를 건너는 일행의 기분은 나름 괜찮았다. 다시 이어지는 돌계단. 오르막이 계속되었다.

공기가 차가웠다. 시원했다. 소하는 고개를 들고 차가운 공기를 한껏 들이마셨다. 순간 발이 미끄러졌다. 중심을 잃고 옆으로 기우뚱 넘어지려는 찰나, 시후가 소하 팔을 잡았다.

"괜찮허냐?"

김홍빈 대장이 소하를 보며 물었다.

"네, 괜찮아요."

"아야, 고개를 뻣뻣하게 들고 걸으믄 어떡허냐? 조심해야제. 발목이 삐끗했으믄 큰일 날 뻔 안 했냐. 시후가 잡았응께 다행이제."

시후 얼굴이 빨개졌다. 소하는 배낭끈을 끌어당기며 말했다.

"고마워."

"으응."

시후는 엉거주춤 섰다. 소하는 앞서 걸으며 물었다.

"마차푸차레 멋있지?"

"응."

시후의 대답은 짧았다. 소하는 멋쩍은 듯 말없이 걸었다. 침묵이 이어졌다.

돌계단을 올라가니 흙길이 나왔다. 흙길은 숲과 함께 이어졌다.

이윽고 로도반에 도착했다. 로도반은 꽤 큰 마을이었다. 잠시 휴식을 취하며 초코바와 영양갱을 간식으로 먹었다. 힘들 때는 달콤한 간식이 당긴다고 했던 것처럼 소하는 평소에는 먹지 않던 영양갱을 맛있게 먹었다.

휴식 시간은 짧았다. 올라갈수록 걸음이 더디다는 것이 이유였다. 로도반을 벗어나자 울창한 숲이 나타났다. 숲 사이로 안개가 피어올랐다. 안개 때문인지 바닥이 축축했다.

공기가 차가웠다.

"정소하, 걸을 만하냐?"

"네."

"정소하는 뭘 좋아하냐?"

"글쎄요. 싫어하는 거 빼고 다 좋아해요."

"그러믄 싫어하는 것은 뭔디?"

"음… 어른들 잔소리요. 부모님들은 우리를 어린애로 보고 잔소리하잖아요. 우리도 스스로 결정할 수 있고, 우리가 한 일은 책임질 수 있는 데도요."

"그건 그라제. 어른들이 너무 걱정이 많아서 그런 것이여. 혹시 실수할까 봐 그런 거제."

"그건 어른들의 생각이죠. 알아서 하게 두면 더 잘할 수도 있잖아요. 실수도 해 봐야 더 잘할 수 있다고 하잖아요. 처음부터 잘

할 수 있나요? 어른들은 실수 안 하나 뭐."

"어른들도 실수 많이 하제. 요즘 어른들, 책임감이 너무 커서 문제긴 혀. 자식을 잘 키워야 한다는 책임감 말이여."

"헐, 그렇지 않은 사람도 많거든요. 부모 같지 않은 부모가 얼마나 많은데요. 안 그래?"

소하는 시후를 보며 동조를 구했다. 하지만 시후는 아무 말이 없었다. 숨만 거칠게 내쉴 뿐이었다.

"진시후, 너 괜찮아?"

소하가 물었다.

"괜찮아."

"진시후, 힘들면 좀 쉬어라."

김홍빈 대장이 걱정스러운 듯 물었다.

"괜찮아요. 천천히 걷고 있어요."

시후는 숨 쉬는 것이 힘든 듯했다. 천천히 걷는 발걸음도 무거워 보였다. 김홍빈 대장의 걸음도 무거운 듯했지만 가벼웠다.

"정소하, 그림을 잘 그린다든디?"

"아, 아뇨. 그, 그냥."

"진시후네 엄마도 그림 잘 그렸시야. 미대 출신답게 학교 축제 때 산악부 그림은 진시후 엄마가 다 그렸어. 결혼하면서 그림을 그만뒀응께."

시후는 엄마가 그림 그리는 모습을 본 적이 없다. 아니, 그림을 전공했다는 이야기도 들어 본 적이 없었다. 그러고 보니 엄마의 젊었을 때 생활에 대해서 아는 것이 전혀 없었다.

"정소하, 틈날 때마다 스케치하는 거 같드만. 나중에 좀 보여 줘 봐라이."

"뭐. 딱히, 누굴 보여 줄 정도는 아니에요."

"소심하기는. 슬쩍 봤는디 그리는 것이 다르더만. 뭔 캐릭터를 그리는 거 같았는디."

"그냥 뭐……."

소하는 틈틈이 캐릭터 그림을 그렸다. 상상의 동물 캐릭터. 소하가 만들어 내는 동물이었다. 자신의 세계를 상상하듯 자신만의 동물 캐릭터를 그리면서 새로운 동물들의 세계를 탄생시켰다.

소하가 동물 캐릭터를 그린다는 것을 알게 된 아빠가 흥분해서 소리친 적이 있었다.

"너, 정신 있는 거야, 없는 거야? 어린애처럼 캐릭터나 그리고 있어. 캐릭터 그릴 시간 있으면 공부나 해."

아빠는 소하에게 향했던 화살을 엄마에게 돌렸다.

"애들을 어떻게 관리했기에 제멋대로야? 애들 관리 좀 똑바로 해!"

아빠의 화살은 엄마에게, 엄마의 화살은 다시 소하에게 돌아왔다. 그럴수록 소하는 말문을 닫았다.

"어떤 동물 캐릭터를 그리는 거야?"

시후가 물었다. 소하는 시후를 쳐다봤다. 대답해야 하나 말아야 하나, 살짝 고민이 됐다.

"뭐, 그냥 생각날 때마다 그리는 거야. 생각날 때 스케치해 두어야지, 안 그러면 생각 속에서 사라져 버리거든. 스케치한 걸 시간날 때마다 수정해. 수정하다 보면 새로운 캐릭터가 만들어져."

"대단하다."

시후의 말과 함께 주변이 안개로 뒤덮였다. 순식간에 일어난 일이었다.

김홍빈 대장이 소리쳤다.

"엎어진 김에 쉬어 간다고 여기서 좀 쉬자. 그리고 금방 추워징께 우모복 꺼내 입어라이."

안개 속에서 빗방울이 떨어졌다.

"비 온다."

"아니? 우박이야."

진짜 우박이었다. 비라고 생각했는데 우박이 떨어졌다.

후드득, 후두두―

금방 추워졌다. 일행은 우모복을 꺼내 입었다. 우모복을 입자마자 우박이 그쳤다. 안개도 걷혔다. 구름 사이로 해가 나타났다.

"뭐야?"

태호가 일행을 돌아봤다.

"귀신이 곡할 노릇이네."

봉남이 주변을 둘러봤다. 김홍빈 대장이 일행을 보며 말했다.

"앞으론 변덕스러운 날씨를 자주 보게 될 거여. 500미터 정도만 더 올라가믄 눈도 보일 것이다."

"혹시 머리가 아프거나 메스꺼운 사람 있니?"

김지현 선생이 물었다.

"없어요."

아직은 다들 괜찮았다. 숨을 내쉴 때 조금 힘들 뿐이었다.

소하는 변덕스러운 날씨가 사람의 마음과 같다고 생각했다. 특히 어른들의 마음. 엄마, 아빠의 마음. 소하는 숨을 길게 내쉬었다. 엄마, 아빠의 기억을 지우고 싶었지만 잘 안됐다. 생각하지 않으려고 할수록 더 생각났다.

'엄마, 아빠의 생각을 언제쯤 털어 버릴 수 있을까?'

소하는 다시 숨을 길게 내쉬었다.

"휴!"

생각을 하는 것조차 힘들었다. 마음도 몸도. 하지만 엄마, 아빠 생각을 아무렇지 않게 받아들이기 위해선 거쳐야 할 과정일지도 모른다고 생각하며 마음을 다잡았다. 안나푸르나 베이스캠프까지 완주하는 것은 자신을 이기고, 몸과 마음을 이기는 것이라고. 그렇기에 고산증세가 나타나도 절대 포기하지 않겠다고.

소하는 천천히 걸음을 내디뎠다. 일행의 걸음에 맞추어 앞으로 나아갔다.

힘들면 힘들다고 말할 수 있어야 한다
어퍼도반(2,600미터) → 데우랄리(3,200미터)

어퍼도반 로지에 도착했다.

산등성이에 있는 작은 로지였다. 잠시 휴식을 취했다. 공기가 찼다. 소하는 우모복을 꽉 여몄다. 비니도 꾹 눌러 썼다.

"자, 조금만 더 힘내자."

김지현 선생이 주먹을 쥐어 보였다. 기영우 선생이 배낭을 둘러메고 일행을 돌아봤다.

"이제 출발할까? 많이 쉬면 걷기 힘들어질 거야."

"에이, 그런 게 어딨어요. 조금만 더 쉬어요."

봉남이 배낭을 끌어안고 얼굴을 파묻었다. 기영우 선생이 봉남 머리에 알밤을 주었다.

"허봉남, 너 혼자 여기 남을래?"

"네?"

봉남이 고개를 번쩍 들었다.

"고도가 높아질수록 몸은 점점 더 무거워질 거다. 걸음도 느려지고. 내 몸이지만 내 맘대로 움직이지 못하게 될 거야. 데우랄리까지 올라가는 길에 쉴 곳은 많으니까 쉬엄쉬엄 걷도록 하자."

기영우 선생의 말에 김지현 선생이 일행을 둘러봤다.

"혹시, 머리 아프거나 힘든 친구 있니?"

"없어요!"

"그럼 출발하자."

기영우 선생이 앞장섰다.

"쪼금만 더요. 쪼금만 더 쉬었다 가요."

봉남이 어리광 아닌 어리광을 부렸다.

"쬐까 더 쉰다고 올라가는 길이 줄어들진 않어야. 올라갈 시간만 늦어질 뿐이제. 더 쉬는 것보단 천천히 오르는 것이 훨씬 나을 것이여."

김홍빈 대장의 말에 봉남은 얼굴을 잔뜩 찌푸렸다. 은서가 봉남을 봤다.

"어차피 가야 할 길인데 더 쉰다고 길이 줄어드는 것도 아니잖아."

"역시, 배은서야. 니들 배워라, 배워!"

기영우 선생이 일행을 보며 말했다.

"배은서, 괜찮아? 얼굴빛이 안 좋은 거 같은데."

김지현 선생이 은서를 보며 물었다.

"괜찮아요."

소하도 일어섰다. 은서 말대로 더 쉰다고 길이 줄어들지는 않는다. 올라가야 할 길이라면 꾸역꾸역 천천히라도 오르는 것이 낫다는 생각이 들었다.

"아까는 힘들다더니."

은서가 심드렁하게 말했다. 하지만 상처가 되어 들리지는 않았다.

"야, 니들끼리 가기야?"

봉남이 두 친구를 쫓아왔다.

숲 사이로 난 오솔길이었다. 축축했다. 평평한 돌이 잘 놓여 있었다.

소하는 무릎 뒤쪽이 뻣뻣해지는 것을 느꼈다. 발을 앞으로 놓을 때마다 심줄이 찌릿찌릿 당기는 듯 아팠다. 소하는 은서를 봤다. 얼굴빛이 밀랍 인형처럼 창백했다. 쌍꺼풀 없는 커다란 눈, 미간을 찌푸리고 있다. 소하는 용기를 내 물었다.

"괜찮아?"

은서가 걸음을 멈추고 소하를 뚫어지게 봤다.

"너, 나한테 관심 있니?"

소하는 얼굴이 화끈거렸다. 두 뺨이 홍시처럼 타올랐다. 갑자기 숨을 쉴 수가 없었다. 소하는 가슴을 부여잡고 쓰러졌다.

"정소하, 왜 그래?"

은서가 소리쳤다.

"야, 정소하! 선생님, 소하가 쓰러졌어요!"

김지현 선생과 기영우 선생이 다가왔다.

"어떻게 된 거야?"

김지현 선생은 소하를 바로 눕히고 심폐소생술을 했다. 한 번, 두 번, 세 번… 눈을 떴다. 은서도, 연우도, 시후도, 김홍빈 대장도, 다른 친구들도 걱정스러운 듯 숨죽이고 소하를 내려다봤다.

"정소하, 괜찮아?"

김지현 선생이 걱정스러운 듯 물었다.

"괜찮아요."

"다행이다. 정말 다행이야. 큰일 난 줄 알았어. 정말 괜찮은 거지?"

"네."

소하는 일어서서 배낭을 메려고 했다.

"쪼까 더 쉬어."

김홍빈 대장의 강한 눈빛을 본 소하는 그 자리에 앉았다. 소하는 하늘을 올려다봤다.

'안나푸르나 베이스캠프까지 완주하고 싶어.'

산을 오르는 사람들을 이해할 수 없다는 엄마나 아빠에 대한 반발심으로 희망원정대에 지원했다면, 이제는 자신을 위해서 끝까지 오르고 싶었다. 그런데 엄마의 말이 자꾸 붙잡았다. '넌 못 해.', '넌 할 수 없어.'라고 엄마가 소리치고 있었다.

'한국을 떠나면 생각나지 않을 줄 알았는데……'

소하는 기운이 쏙 빠졌다. 허공에서 헤매던 눈동자가 멈추었다.

소하는 가끔, 아주 가끔 이유도 없이 쓰러지곤 했다. 왜 그런지는 몰랐다. 하지만 고등학교에 들어와서 알게 되었다. 엄마나 아빠를 거부하려고 할 때 어느 순간 자신도 모르게 기절한다는 것을. 할머니 집에 온 이후로는 한 번도 쓰러진 적이 없었다. 그래서 괜찮은 줄 알았다.

'괜찮을 거야. 괜찮아.'

그때 은서와 눈이 마주쳤다. 소하는 은서의 눈을 피하지 않았다. 은서의 눈동자가 흔들렸다.

"인자 가자. 더 늦었다간 로지에 도착하기 전에 어두워져 버릴 거여. 정소하, 컨디션 어떠냐?"

"이젠 괜찮아요."

소하는 배낭을 단단히 멨다.

"배은서가 가시 돋친 듯 말을 내뱉지만, 마음은 여린 거 같더라. 그러니까 상처받지 마. 괜히 그러는 거니까."

봉남이었다.

"…상처 안 받아."

소하는 봉남을 올려다봤다. 봉남의 어색한 눈빛은 은서를 향해 있었다. 소하도 눈길을 돌렸다.

우중충한 골짜기 사이로 우윳빛 안개가 서리서리 끼었다. 안개가 산 아래를 감싸고 돌았다. 움켜쥐면 손에 가득 잡힐 듯한 짙은 안개가 일행을 에워쌌다. 이슬에 젖은 구름안개였다. 커다란 나무들이 촉촉이 젖어 들었다. 일행이 밟고 있는 흙도. 일행의 몸도.

"와, 눈이다!"

은서 목소리. 들뜬 아이처럼 맑았다.

눈이 쌓여 있었다. 길 한쪽에 쌓인 눈. 눈이 많지는 않았지만, 마음을 즐겁게 하기에는 충분했다. 그곳을 지나자 눈은 없었지만 서늘한 공기가 몸을 움츠러들게 했다.

소하는 고개를 들었다. 나무 사이로 하늘이 보였다. 구름이 잔뜩 낀 하늘이었다.

쏴아아- 쏴아-

물소리가 우렁찼다.

"애들아, 땅만 보며 걷지 말고 주위도 좀 살펴봐라. 폭포 소리 들리지 않니?"

김지현 선생의 목소리에 소하는 고개를 들었다. 폭포가 보였다. 바위 사이로 하얀 물줄기가 흘러내렸다. 은서도 걸음을 멈추고 감정이 요동치는 눈으로 폭포를 바라봤다. 요란한 물소리와 함께 물줄기가 하얀 길을 만들었다. 그 주위로 실안개가 번졌다.

"너희들, 저기 저 폭포를 보고도 그냥 가고 싶은 건 아니겠지?"

기영우 선생이 폭포를 가리켰다.

"몰라요. 빨리 로지에 가고 싶어요."

봉남의 얼굴은 파리하고 해쓱했다.

"힘들어 죽겠는데… 지금 폭포가 문제예요?"

태호는 걸음을 멈추었다. 실안개 사이로 장관을 이루고 있는 폭포를 올려다보며 목소리를 높였다.

"멋있긴 하네. 씨~발."

"천태호, 이 아름다운 자연 앞에서 욕이 나오니?"

김지현 선생이 태호를 보며 눈을 흘겼다.

"이건 욕이 아니라 감탄사라고요. 감탄사."

"이그, 따박따박 말대꾸라도 안 하면 밉지나 않지."

김지현 선생은 폭포로 눈길을 돌렸다.

"준서야, 산신령 나올 거 같지 않아?"

연우가 준서를 보며 물었다.

"하연우, 넌 아직도 산신령 믿어? 산신령 같은 건 우리 어릴 때 이미 사라진 거 아냐?"

은서가 연우를 흘겨보며 물었다.

"옛날이야기에 산신령 나오잖아. 꼭 산신령 나올 것 같은 느낌이 드는데, 넌 안 그래?"

"그래, 넌 좋겠다. 산신령을 떠올릴 수 있어서… 나한테 산신령은 아주 아~주 오래전에 사라졌어."

"우리 할머니도 산신령 있다고 믿던데."

소하는 혼잣말처럼 중얼거렸다.

"그치? 봐봐. 산신령 있다니까."

연우가 소하를 보며 활짝 웃었다.

"정소하 할머니는 옛날 사람이라 그럴걸."

은서가 톡 쏘았다.

그때 기영우 선생이 두 팔을 번쩍 들어 올렸다.

"자연이 만들어 놓은 장관을 보라. 물줄기를 뿜어내는 폭포를. 인간은 결코 만들 수 없는 장관이잖냐? 신들의 영역이라고. 그 영역에 우리가 살짝 발을 들여놓은 거야. 이곳에서만 볼 수 있는 장관을 눈과 가슴에 마음껏 담아 놓자."

기영우 선생의 목소리는 들떠 있었다.

"또, 혼자서 똥폼 잡고 있네이."

김홍빈 대장이 느슨한 미소를 지었다.

"김 대장, 샘나서 그러지? 자네는 나보다 더 개폼 잘 잡잖아. 하 하하."

기영우 선생은 김홍빈 대장을 보며 기꺼운 웃음을 지었다.

"난, 원래 감성적이잖여."

"헐!"

은서가 뜨악한 표정을 짓자 김홍빈 대장이 어깨를 쓱 올렸다. 그 러고는 폭포로 눈을 돌렸다. 안개에 덮여 흐르는 폭포는 일행의 걸 음을 붙잡기에 충분했다. 골짜기에서 피어오르는 물안개는 숙연 한 침묵에 잠긴 나무를 끌어안고 몸을 흔들며 하늘로 올라갔다.

추위가 몰려왔다. 소하는 비니를 눌러썼다.

"다 봤으믄 가자."

김홍빈 대장이 일행을 보며 말했다.

"대장님은 쉴 만하면 출발하자고 하죠. 씨발, 우리가 힘들어하 는 걸 즐기는 거 아니에요?"

태호가 불만에 찬 목소리로 물었다. 옆에 있던 기영우 선생이 일 행을 보며 말했다.

"김 대장은 너희들을 위해서 그러는 거야. 너무 많이 쉬면 걷기 힘들잖아. 히말라야 로지까진 계속 오르막이라고 했지? 몸이 너희들 마음과는 다르게 움직일지도 몰라. 다리도 뻐근하고, 머리도 깨질 듯 아플 거고, 메스꺼워서 꼭 토할 것만 같은 친구도 생길 거야."

"우리더러 고산병 걸리라는 거야, 뭐야?"

준서가 중얼거렸다.

"조심하자는 거지."

기영우 선생이 배낭을 메고 앞장섰다.

은서는 폭포를 바라보고 있었다. 소하도 폭포를 바라봤다.

쏴아아— 쏴아아—

폭포 소리가 시원했다. 아니, 추웠다.

"너희들은, 안 가나?"

김홍빈 대장이 두 친구를 보며 물었다.

"갈 거예요. 가자."

은서가 소하를 봤다.

"괜찮나? 얼굴이 파리한데……."

은서는 혼잣말처럼 툭 던지고는 걸음을 옮겼다.

'날 걱정하는 건가.'

소하는 은서의 뒷모습을 봤다. 붉은색 배낭을 멘 몸에서는 여전히 냉기가 뿜어지고 있었다. 온몸을 커다란 열쇠들로 꽉꽉 채운 것처럼.

또 계단이었다. 시누와 언덕길처럼 오르막 계단, 돌계단이 끝없이 이어져 있었다. 이번에는 경사도가 높았다. 계단을 올려다보는 일행의 눈이 휘둥그레졌다.

태호가 물었다.

"저길 어떻게 올라가요. 되돌아가면 안 돼요?"

김지현 선생이 태호를 봤다.

"넌 여기까지 와서 포기하고 싶니?"

"저 힘든 걸 왜 올라가야 하는데요?"

"힘든 곳이니까 도전하는 거지."

시후가 중얼거렸다.

"진시후, 제법이다."

태호는 계단에 성큼 발을 올렸다. 어차피 오를 계단이었다. 되돌아가고 싶어도 되돌아갈 수 없었다. 올라가야 했다.

일행은 계단을 오르기 시작했다. 절반도 올라가지 않는데 허벅지가 땅기기 시작했다. 엄청난 무게의 쌀가마니를 등에 지고 계단을 내딛는 발을 누군가 잡아 끌어내리는 것만 같았다.

"욕 나오려고 하네. 왜 이렇게 힘든 거야!"

은서가 걸음을 멈추고 소리쳤다.

"힘들어! 힘들다고!"

소하는 은서를 쳐다봤다. 얼굴이 창백했다. 김홍빈 대장도 은서를 봤다.

"당연히 힘들제. 힘들지 않다믄 거짓말이여. 나도 지금 엄청 힘들어야."

"도저히 힘들어서 더는 못 가겠어요. 머리도 아프고, 다리도 무겁고, 돌덩이를 짊어진 거 같아요."

"힘들면 힘들다고 말해야제. 미련허게 참지 말어야. 힘들다고 말할 수 있어야 하는 거여. 그래야 도와주제."

"흥, 누가 도와준다는 거예요. 저 대신 걸어 줄 수 있어요? 없잖아요. 어차피 스스로 걸어가야 하는데 뭘 도와준다는 거예요?"

김홍빈 대장을 바라보는 은서 얼굴에 서늘한 기운이 감돌았다.

"아그들아, 여기서 쪼그만 쉬고 가자."

일행은 돌계단에 앉았다. 은서는 자신이 올라온 계단을 내려다봤다. 촉촉하게 젖어 있었다. 은서의 메마르고 파리한 얼굴에는 표정이 없었다. 무표정했다.

이슬에 젖은 구름안개가 숲을 덮었다. 숲은 금세 안개에 휩싸였다. 은서는 고개를 돌려 자신이 가야 할 계단을 올려다봤다. 끝이 보이지 않았다.

"난 새장에 갇힌 새였어요."

은서의 눈살이 꼿꼿해졌다. 시퍼런 칼날 같은 눈초리는 계단 어딘가로 향했다.

"희망원정대에 참가하는 것만이 새장에서 탈출할 수 있는 길이었어요."

"……."

서글픈 빛이 감도는 은서 눈이 바르르 떨렸다. 안개가 덮인 숲으로 시선을 둔 김홍빈 대장은 고개를 끄덕였다.

엄마는 은서의 하루 일정을 빡빡하게 짰다. 학교 갔다 오면 엄마가 짜 놓은 학원 일정에 따라 움직였다. 수많은 학원은 은서를 지치게 했다. 피아노를 치는 한 시간만큼은 은서가 쉴 수 있는 시간이었다. 피아노를 칠 때만큼은 공부에 대한 걱정도, 엄마의 잔소리도 잊을 수 있었다. 엄마가 세운 일정대로 움직이는 은서는 반에선 공부 잘하는 아이, 모르는 것이 없는 아이, 못 하는 것이 없는 완벽한 아이로 불렸다.

중학생이 되고 나서 중간고사, 기말고사가 있는 날이면 1등을 놓치지 않기 위해 밤을 꼬박 새웠다. 그렇게 중학교 3년 동안 1등을 놓치지 않았다. 고등학교 입학 선물로 피아노를 받았다. 3년 내내 1등을 한 대가이기도 했다. 엄마는 고등학교에서도 1등을 놓치지 않는다는 조건을 내걸었다. 고등학생이 된 후에도 1등을 놓쳐선 안 된다는 엄마의 집착은 그 누구도 막을 수 없었다. 아빠도, 할머니도.

고등학교 1학년 1학기 중간고사 시험이 끝났을 때, 엄마는 은서가 당연히 1등 할 거라고 믿었다. 항상 그래 왔으니까. 하지만 고등학교는 중학교와는 달랐다. 한 문제만 실수해도 등수에서 밀려났다. 실수하지 말아야 한다는 강박 관념은 은서를 초조하게 만들었고, 그 초조함은 실수를 불러왔다.

시험이 끝난 다음 날 성적이 나왔다.

'어떻게 하지?'

친구들은 2등도 잘한 거라고 했지만, 엄마는 2등을 인정하지 않았다. 오로지 1등만을 원했다. 은서는 엄마가 있는 집에 가는 것이 두려웠다. 학원을 마치고 밖에서 배회하다가 늦은 밤, 집으로 향했다. 현관문 앞에 섰을 때 은서는 100미터 달리기를 막 끝낸 선수처럼 콩닥콩닥 뛰는 심장을 진정시키며 현관문을 열었다.

"배은서, 우리 딸 축하해!"

엄마가 들고 있는 케이크, 그건 1등 축하 케이크였다.

"어… 엄마, 미안해."

"응? 뭐야? 너, 혹시…?"

엄마의 얼굴이 일그러졌다. 엄마는 케이크를 떨어뜨렸고, 벽을 짚고 섰다.

"배은서, 당장 네 방에 들어가!"

그날 엄마에게 맞았다. 속옷이 등에 달라붙을 때까지. 초등학교 때 성적 때문에 맞은 후 처음 맞는 매였다.

은서는 밤새 울었다. 처음으로 자신이 왜 사는지에 대해서 생각했다. 자신은 엄마인 김미자의 아바타였다. 엄마의 아바타. 엄마가 시키는 대로 움직여 왔던 은서. 단 한 번도 자기 생각대로 움직인 적이 없었다.

기말고사가 한 달 앞으로 다가왔다. 학원을 마치고 집에 온 은서는 방문을 열고 깜짝 놀랐다. 방 안이 휑했다.

'뭐지?'

순간 알았다. 피아노가 없어졌다는 것을. 불길한 예감이 몰려왔다. 가슴이 너무 답답했다. 은서는 소리를 질렀다.

"엄마! 내 피아노 어쨌어?"

"팔았어."

"뭐? 팔아?"

"기말고사, 이제 한 달밖에 안 남았잖아. 네 공부에 방해될 거 같아서 팔았어."

"뭐라고? 내 거잖아! 내 걸 왜 맘대로 팔아!"

"피아노 때문에 중간고사 망쳤잖아? 왜? 뭐가 잘못됐니? 넌, 딴 생각 말고 공부나 열심히 해!"

"숨 막혀. 숨 막혀 죽을 거 같다고! 왜 숨 쉴 틈을 안 주는 거야!"

"너, 왜 그래? 호강에 겨워서 못 하는 말이 없네. 잔말 말고 들어가서 공부나 해."

기가 막혔다. 아니, 할 말을 잃었다. 엄마를 뚫어지게 바라봤다. 단 몇 초 동안. 엄마의 얼굴은 냉랭했다. 마귀할멈이 되어 잡아먹을 듯 은서를 노려봤다. 순간 깨달았다. 1등을 못 하는 한 자신은 엄마에게 인정받지 못한다는 것을. 벼락을 맞은 듯 정신이 번쩍 들었다.

"내가 엄마 아바타야?"

"뭐?"

"내가 엄마의 아바타냐고?"

"배은서, 뭔 소리 하는 거야? 아바타?"

"내가 엄마 마음대로 하는 아바타냐고? 왜 엄마 마음대로야? 지금까지 엄마가 하라는 대로 했잖아. 엄마를 위해서 1등을 놓치지 않으려고 노력했어. 피아노를 치기 위해 공부를 열심히 했단 말이야. 그런데 어떻게 내게 한마디 말도 없이 피아노를 팔아 버릴 수 있어? 엄마 마음대로 파냐고?"

"너 지금 엄마에게 따지는 거니?"

"난 엄마에게 뭐야? 뭐냐고?"

"배은서, 넌 엄마 딸이야. 엄마가 보기에 피아노는 네 공부에 방해가 될 뿐이야."

"그걸 말이라고 해? 나도 숨 쉴 구멍이 필요하다고. 내가 온종일 피아노만 치는 게 아니잖아? 공부가 안될 때, 스트레스가 쌓일 때 피아노 쳤던 거야. 피아노를 치고 나면 스트레스가 풀렸어. 피아노를 치고 나면 공부도 잘됐다고. 근데 뭐가 문제라는 거야?"

"넌 항상 1등 했어. 네가 원한 대로 피아노를 사 줬는데 성적이 떨어졌잖아."

"그건 실수였어. 단 한 문제 실수 때문이었단 말이야."

"실수? 그러니까 앞으로 실수하지 말라는 거야. 피아노는 네 공부에 방해될 뿐이야."

"엄마, 너무한다. 진짜 너무해!"

쾅!

은서는 문을 잠갔다.

"너, 말 다 했어! 진짜 사람 돌게 만드네!"

엄마는 방문 손잡이를 잡고 돌렸다.

"너, 문 안 열어? 빨리 문 열어!"

엄마는 분을 못 이기는 듯 망치로 방문을 쾅쾅 두드렸다. 방문은 쉽게 부서지지 않았다. 망치 자국이 뻥뻥 뚫렸다. 망치 소리를 듣지 않으려고 손으로 두 귀를 막았다. 하지만 망치 소리를 막을 수는 없었다.

'죽어 버릴 거야.'

창문을 열었다.

엄마가 비상키로 문을 열었을 때 은서는 창문틀에 올라서 있었다. 바로 뛰어내릴 듯이.

"배은서!"

그때 엄마 표정을 잊을 수 없다. 백지장처럼 새하얘진 얼굴을.

은서는 김홍빈 대장을 빤히 올려다봤다. 독기 가득 찬 눈으로. 마주 바라보는 김홍빈 대장의 눈길은 부드러웠다. 은서는 고개를 돌렸다. 그러고는 말을 이어 갔다.

"피아노는 유일한 내 친구였어요. 내 마음을 이해해 주고, 날 위로해 주었다고요. 피아노를 칠 때만큼은 엄마의 잔소리도, 공부에 대한 스트레스도 잊을 수 있었는데… 그걸 한마디 말도 없이 팔아 버렸어. 나와 한마디 상의도 없이 엄마 마음대로 치워 버린 거라고요. 엄마가 나도 거추장스러워지게 되면 치워 버릴지 모른다는 생각이 들었어요. 그러기 전에 내가 먼저 사라져 버려야겠다는 생각밖에 안 들더라고요."

은서는 잠시 말을 멈추었다. 그러고는 매서운 기운이 서릿발처럼 어린 눈으로 소하를 쳐다봤다.

"정소하, 가장 소중한 것이 없어졌을 때 넌 어떨 거 같아?"

소하는 은서의 마음을 알 수 있었다. 자신도 그런 적이 있었으니까. 소하는 주저하지 않고 말했다.

"미쳐 버렸을 거야."

"맞아. 난 그날 미쳐 버리는 줄 알았어. 태어나서 처음으로 엄마에게 반항했어. 처음으로 내 방으로 들어가서 문을 잠가 버렸지. 엄마가 얼마나 흥분했는 줄 아니? 망치로 방문을 쾅쾅 치는데 내 목을 조르는 거 같았어. 그런 엄마를 보자 희열이 느껴지더라. 비웃음인지는 모르겠지만 웃음이 났어. 큰 소리로 웃었어. 하! 하! 하! 죽는 한이 있어도 절대 방문을 열지 않을 생각이었어. 하지만 그 생각도 헛방이더라. 엄마가 비상키, 방문 키를 가지고 있었으니까. 망치로 두드리다가 안 되니까 비상키로 방문을 열었어. 그때 난 이미 창문틀 위에 있었어. 금방이라도 뛰어내릴 자세를 취했거든. 아니, 뛰어내리려고 했어. 그런데 안 되더라. 뛰어내린다는 게 결코 쉬운 일은 아니었어."

소하는 도둑질하다 들킨 사람처럼 깜짝 놀라서 멍하니 은서를 바라봤다. 은서는 이마를 찡그렸다. 얼기설기한 거미줄처럼 잔주름을 만들었다.

"어떻게 됐을 거 같아?"

"……."

소하는 아무 말도 할 수가 없었다. 어땠는지 짐작이 갔기 때문이다.

"엄마에게 잡혀 내려온 난 피 터지게 맞았어. 그것도 가는 회초리로 엄청나게 맞았거든. 옷이 피부에 달라붙을 때까지. 엄마는 자신을 놀라게 한 죄래. 우리 엄마가 얼마나 교묘한지 아무도 모를 거야. 밖에 나가면 아주 교양 있는 어른인 체하니까. 딸을 아주 사랑하는 엄마 말이야."

은서는 고개를 들어 구름 낀 하늘을 올려다봤다. 피로에 지친 얼굴이었다.

"우리 엄마, 때릴 때는 꼭 마녀 같아. 다 때리고 나서는 약을 발라 줘. 약을 바르면서 눈물을 흘려. 다 나를 위해서라고 훌쩍이면서 말이야. 때리는 것도 나를 위해서고, 공부를 시키는 것도 나를 위해서래. 내 미래를 위해서라는 거야."

소하는 고개를 끄덕였다. 어른들은 다 똑같다는 생각이 들었다.

"대장님, 부모들은 다 그래요? 자식들을 위해 살아요?"

"…부모들이라고 다 그런 건 아니여. 흐흠!"

김홍빈 대장이 헛기침을 했다.

"정소하, 자살하고 싶었던 적 있어?"

은서가 소하를 뻔히 봤다. 소하 눈이 놀란 토끼 눈처럼 동그래졌다. 은서는 아무 일도 없었다는 듯 일어섰다. 엉덩이를 털면서 말했다.

"놀랄 필요 없어. 그냥 물어본 거니까. 이제 가자. 쟤네 벌써 올라갔나 봐. 안 보이네.”

은서가 앞장을 섰다.

“좀 쉬니까 났네.”

은서는 목소리에 힘이 주었다.

소하도 걸음을 옮겼다. 뭐를 하든 지기 싫어하는 은서였다. 무표정한 얼굴, 차가운 눈빛, 그러나 가끔 넋 놓은 표정을 짓는 배은서. 갑자기 피곤이 몰려왔다.

히말라야 로지는 30분 정도 걸으면 나온다. 일행은 히말라야 로지를 지나 데우랄리 로지까지 가야 했다. 시누와 계단처럼 경사도가 높은 계단은 오를수록 숨이 가빴다. 걸음이 점점 느려졌다. 숨쉬기가 힘들어지면서 말수도 줄었다. 은서도 말이 없었다. 계단에 다 올라서자 히말라야 로지가 나왔다.

히말라야 로지 바닥에는 눈이 묻어 있었다. 언제나처럼 일찍 출발해서 일찍 로지에 도착한 포터와 타밍 일행은 뒤늦게 올라오는 친구들을 위해 따뜻한 차를 준비해 놓고 있었다. 모두가 따뜻한 밀크티를 한 잔씩 마셨다. 밀크티는 추운 몸을 녹여 주었다.

히말라야 로지에서 잠시 휴식을 취한 일행은 데우랄리 로지를 향해 출발했다. 태호도, 봉남도 말을 잃은 듯 조용했다. 그들은 오로지 선두에 선 기영우 선생과 김지현 선생 뒤를 따라 걸었다.

작은 오솔길을 지나고 다시 계단을 오르자 눈 덮인 산맥들이 웅장하게 서 있었다. 산맥들 사이를 걷고 또 걸었다.

더는 걷지 못하겠다고 생각하며 주저앉으려고 할 때였다.

"데우랄리다!"

기영우 선생이 외쳤다. 파란색 건물이 눈에 들어왔다. 데우랄리 로지였다. 3,200미터. 머리가 어지러웠다.

건물 안으로 들어간 일행은 누구랄 것도 없이 모두 마룻바닥에 누웠다. 바닥에서 찬 기운이 올라왔다. 은서와 친구들은 우모복을 꺼내 입었다. 머리에는 비니를 푹 눌러썼다.

은서는 밖으로 나왔다. 하얀 눈 덮인 마차푸차레가 한층 더 가까워졌다. 물고기 꼬리 모양의 마차푸차레. 안개가 중턱으로 올라서며 산을 휘감았다. 스핑크스가 왼쪽 하늘을 올려다보며 이빨을 드러내고 웃듯이, 은서도 이를 드러내고 웃었다. 차가운 기운이 몸으로 쏙 들어왔다. 상쾌했다. 꽉 막혔던 가슴이 뻥 뚫렸다. 은서는 두 팔을 높이 치켜들었다. 활짝 웃는 얼굴로.

포기해야 할 때는 포기할 줄 알아야 한다
데우랄리(3,200미터)

데우랄리 로지 공기는 달랐다. 차갑고 매서웠다.

오후 3시 50분경에 도착한 일행은 숙소에서 잠시 쉰 다음 저녁을 먹기 위해 나왔다. 얼굴은 창백했다. 꼭 병든 병아리처럼 축 늘어졌다.

"너희들, 믿어지냐? 우리가 고도 3,200미터에 올라 있다는 사실이."

봉남은 친구들을 보며 물었다. 바로 옆에 있던 태호는 고개를 잘래잘래 흔들었다. 맞은편에 앉은 준서는 애써 고통을 참는 듯 얼굴을 일그러뜨렸다. 시후도, 은서도, 소하도, 연우도.

모두 말이 없다.

힘든 모습이다.

"한라산이 1,947.3미터. 데우랄리 로지가 3,200미터. 우리 진짜 높이 올라왔네. 왜? 왜 힘들게 이곳까지 온 거지?"

은서는 자신의 일그러진 얼굴을 애써 감추고 양 손가락, 검지로 양쪽 이마를 눌렀다. 소하는 가슴에 손을 대고 천천히 숨을 내쉬었다.

타밍이 볶음밥을 내왔다. 달걀 프라이가 얹어져 있는 볶음밥이었다. 일행 중 그 누구도 선뜻 숟가락을 들지 않았다. 김홍빈 대장이 볶음밥을 자기 앞으로 쓱 당겼다. 볶음밥을 숟가락에 가득 담아 입에 넣고는 말했다.

"밥 안 묵을래? 타밍이 해 준 볶음밥 맛있어야. 달걀 프라이도 밖에서 키운 닭알로 만들어 징하게 맛있당께."

김홍빈 대장의 입에서 밥알이 튀어나왔다.

"뭐여? 아무도 안 웃어야. 내 이야기가 안 웃기냐? 느그들은 머리가 아프고 속도 매슥거리지야?"

"네. 꼭 토할 거 같아요. 으윽, 으엑."

헛구역질해 대는 태호 목소리는 바람 빠진 풍선 같았다.

"고산증세네. 그 정도는 참을 만할 것이다. 그랑께 먹기 싫어도 먹어 둬라."

김홍빈 대장은 숟가락을 내려놓고 기영우 선생을 봤다.

"기영우 선생, 자네도 속이 거북헌가?"

"으응. 작년에 왔을 땐 괜찮았는데, 좀 그러네."

"쯧쯧쯧. 내 그럴 줄 알았어. 저녁밥 먹고 일찍 쉬드라고. 느그들도 몇 숟가락만이라도 먹고 일찍 자라. 피곤한께 잠이라도 푹 자야제."

김홍빈 대장이 그릇을 다 비우는 동안 일행 대부분은 볶음밥에 손을 대지 않았다. 타밍이 따뜻한 코코아를 한 컵씩 주었다. 소하는 코코아를 한 모금 마셨다. 따뜻하고 달콤한 코코아가 목구멍을 타고 흘러내렸다.

기영우 선생과 김지현 선생도 볶음밥을 남겼다. 다른 친구들도 대부분 깨작거리다가 숟가락을 내려놓았다. 따뜻한 코코아로 배를 채운 준서는 일찍 자야겠다고 하면서 방으로 올라갔다. 연우도 따라 일어섰다가 도로 앉았다. 준서가 자신의 약한 모습을 보이고 싶어 하지 않는다는 걸 알기 때문이었다.

"오늘 다들 힘들었제?"

김홍빈 대장이 일행을 보며 물었다.

"네에."

목소리에 힘이 없었다.

"자, 힘들 내자. 여그가 고도 3,000미터가 넘어야. 머리도 아프고 속도 안 좋을 거여. 숨쉬기도 힘들 것이다. 고도 때문잉께 너무 걱정하지 말어. 많이 힘들믄 선생님한테 이야기해라이."

"머리도 아프고… 힘들어요."

봉남이 김홍빈 대장을 보며 바람 빠진 목소리로 말했다.

"그랴. 머리가 아플 것이다. 오늘이 제일 힘들었을 거여. 땀도 많이 흘렸으니께. 글고 오늘부터는 샤워 금지다. 샤워했다간 고산 증세가 더 심해질 수 있으니께 땀 냄새가 나도 참아라. 오늘부턴 양치질과 세수만 하고 자야 한다이."

"땀, 엄청 흘렸단 말이에요. 샤워해야 한다고요."

은서가 손을 들고 말했다.

"맞아요. 땀 냄새 엄청나요."

"따뜻한 물에 샤워해야 피로가 풀릴 것 같단 말이에요."

소하와 은서도 소리쳤다.

"뭐, 고산병에 걸리고 싶으믄 그러든가. 내일부턴 고도가 더 높아지기 때문에 더 힘들 것이여. 많이 걷지도 못하고… 그러니께 오늘은 일찍 쉬어라."

김홍빈 대장이 일행을 방으로 몰아넣었다.

밤은 추웠다.

연우와 두 친구는 침낭 안으로 들어갔다. 연우는 샤워하고 싶은 마음을 애써 참으며 우모복을 꼭꼭 여몄다. 비니도 푹 눌러썼다. 잠을 자려고 눈을 감았다. 머리가 지근거렸다.

'아휴, 머리야.'

연우는 머리를 푹 숙였다. 준서가 걱정됐다.

'준서는 괜찮을까?'

데우랄리 로지 건물이 보였을 때였다. 준서 얼굴이 핏기 하나 없이 새하앴다.

"괜찮아?"

"응."

"얼굴이 새하얘."

"그냥 머리가 좀 아파서 그래."

"진짜 괜찮아?"

"괜찮다니까!"

준서는 자존심이 강했다. 아파도 참았다. 도움받는 것도 싫어했다. 연우는 안타까웠지만, 그냥 바라볼 수밖에 없었다.

그런 준서를 생각하자 화가 났다.

"자존심이 밥 먹여 주나."

연우는 중얼거렸다.

'괜찮을까?'

준서 생각 때문인지 머리가 쑤시듯 아팠다.

'자자. 하연우, 자자.'

하지만 머릿속은 점점 맑아졌다.

'아프면 아프다고 해야 할 거 아냐.'

머릿속은 온통 준서 생각으로 꽉 찼다. 연우는 자신이 아픈 건지, 준서가 걱정되는 건지 헷갈렸다. 하지만 머리가 기분 나쁘게 아프다는 것만은 사실이었다. 김홍빈 대장은 머리가 아픈 것도 고산증세라고 했다. 고도가 높아서 오는 두통이라고. 산소가 적어 심장에 압박이 가해지면 숨쉬기 힘들다고 했다. 하지만 적응할 수 있다고 했다.

3,200미터. 높긴 높다. 자고 일어나면 괜찮아지길 바라면서 눈을 감았다. 하지만 머릿속이 말똥말똥했다. 뒤척이다가 다시 눈을 떴다. 또 머리가 지근거렸다. 연우는 침낭 속으로 고개를 푹 파묻었다. 이리 뒤척, 저리 뒤척이다가 자신도 모르는 사이에 잠이 들었다.

쾅! 쾅! 쾅!

어둠 속에서 문 두드리는 소리가 들렸다.

"선생님!"

다급한 소리였다.

"……."

잠깐 사이였지만 모두가 깊은 잠 속에 빠져 있었다. 피곤했던 탓도 있었지만, 두통에 시달리다가 잠이 든 탓도 있었다.

김지현 선생은 침낭 속에서 굼벵이처럼 몸을 웅크리고 있었다.
깊게 잠든 듯 꿈쩍도 하지 않았다.

"선생님! 선생님!"

소하가 침낭 밖으로 고개를 내밀었다.

"누구세요?"

잠이 덜 깬 목소리였다.

"나, 봉남이야. 준서, 큰일 났어. 머리가 깨질 듯이 아프대. 얼굴
이 완전 창백해. 선생님 좀 깨워 줘."

소하가 선생님을 불렀다.

"선생님, 준서 머리가 깨질 거 같대요."

연우는 침낭에서 고개를 내밀었다.

"뭐라고? 준서가 어떻다고?"

연우의 목소리는 꽉 잠겨 있었다.

"준서 얼굴이 백지장처럼 하얗대."

연우는 침낭 밖으로 나왔다. 재빨랐다.

"선생, 선생님! 준서가 죽을 거 같대요."

김지현 선생이 벌떡 일어났다.

"뭐? 준서가 죽을 거 같다고?"

방으로 들어온 봉남이 김지현 선생을 재촉했다.

"준서가 숨을 못 쉬겠대요."

"심장 마비 아냐?"

은서였다. 걱정스러운 표정으로 김지현 선생과 연우를 쳐다봤다.

"선생님, 저도 같이 갈래요."

"기다리고 있어. 가 봐야 불편해할 거야."

김지현 선생은 봉남을 따라 나갔다.

연우는 가슴이 답답했다. 아니, 쿵쾅쿵쾅 뛰었다.

'혼자 강한 척하더니… 뭐야?'

창가로 갔다. 달도 별도 없는, 아무것도 보이지 않는 칠흑 같은 밤이었다.

그 시각, 김지현 선생은 봉남을 따라 남학생 방으로 갔다. 김홍빈 대장과 기영우 선생이 준서 몸을 주무르고 있었다. 태호와 시후도 팔과 다리를 한 쪽씩 주무르는 중이었다.

"최준서 심각해요?"

김지현 선생이 준서 몸을 살폈다.

"준서야, 천천히 숨 쉬어 봐. 자, 천천히. 그래, 그렇지."

준서는 얼굴을 일그러뜨린 채 힘들게 숨을 내쉬었다. 고산증세였다. 얼굴은 핏기 하나 없이 새파랬다. 김지현 선생은 김홍빈 대장을 보며 말했다.

"아무래도 지금 내려가야 할 거 같아요."

"내가 봐도 위험한 거 같아. 타밍한테 도움을 청할랑께 김지현 선생은 준서 내려갈 수 있도록 준비하소."

김홍빈 대장이 밖으로 나갔다. 김지현 선생은 준서를 일으켜 세웠다.

"준서야, 괜찮아. 고산증세일 뿐이야. 고도를 낮추면 고산증세는 언제 그랬냐는 듯이 싹 사라지거든. 지금 하산해야 해."

"싫어요."

준서는 목소리에 힘을 잔뜩 주었다. 힘겨워 보였다.

"난 끝까지 갈 거예요. 베이스캠프까지 갈 거라고요."

"이 몸으론 안 돼. 지금은 고도를 낮춰야 해."

"내 몸은 내가 잘 알아요. 괜찮을 거예요."

"최준서, 지금 고집부릴 때가 아니야. 고산병으로 죽을 수도 있어. 지금 당장 내려가야 한단 말이다."

기영우 선생이 준서를 보며 말했다.

"전 낙오자가 되기 싫어요."

"베이스캠프까지 못 간다고 낙오자가 되는 건 아니야."

"아뇨. 낙오자예요. 난 끝까지 올라갈 거라고요."

"최준서! 정신 차려!"

김홍빈 대장이 소리쳤다.

"자신의 몸을 아낄 줄 알아야제. 네 목숨이 열 개는 되는 줄 아

냐? 안나푸르나 베이스캠프는 언제든지 오를 수 있어. 하지만 목
숨은 한번 잃으면 그걸로 끝이여!"

"내 목숨이에요. 내가 알아서 한다고요."

"지금 바로 하산해야 된께 그렇게 알어라이. 어이, 기영우 선생,
자네가 같이 내려가소. 타밍이 같이 갈 것이여."

"알겠네."

준서와 기영우 선생은 랜턴을 켜고 타밍을 따라 내려가기 시작
했다.

밤 10시였다.

10월이었지만 한밤중 날씨는 매서웠다. 새까만 밤은 더디게 갔
다. 친구들은 다시 누웠다. 하지만 잠이 오지 않았다. 각자 말은
안 했지만, 오만가지 생각으로 머릿속이 복잡했다.

'바보. 강한 척하더니… 뭐야? 고산병이나 걸리고.'

연우는 침낭 속에 머리를 파묻고 눈물을 흘렸다.

인간은 한낱 나약한 미물이다
데우랄리(3,200미터) → 어퍼도반(2,600미터)

칠흑 같은 어둠이다.

작은 불빛 세 개가 움직이고 있었다. 길잡이 타밍과 준서, 기영우 선생의 헤드랜턴 불빛이었다.

두통은 준서의 몸과 마음을 올가미에 가두었다. 준서는 왼손으로 가슴을 움켜쥐었다. 심장에 가해지는 압박감은 좀처럼 사라지지 않았다. 커다란 바위에 짓눌린 듯이 무거운 몸. 움직이면 움직일수록 점점 조여드는 가슴. 숨을 내쉴 때마다 찢어질 듯이 고통스러웠다.

모든 것이 최악이었다.

'씨발.'

준서는 고산병과 마주한 자신이 못마땅했다. 자신의 몸뚱이를 두들겨 패 주고 싶었다. 제일 싫어하는 나약한 모습을 보인 사람이 바로 자신이었다.

'씨─발.'

준서는 자신이 그 어느 친구들보다도 강하다고 생각했다. 아니, 강했다. 육체도, 정신도. 고산병으로 나약하게 무너질 거라고는 생각하지 못했다. 그런데 제일 먼저 무너졌다. 자신을 바라보던 친구들의 눈빛. 고개를 흔들었다.

"씨발!"

입 밖으로 튀어나온 소리. 타밍이 준서를 봤다. 준서는 고개를 돌렸다. 고산증세, 고산병은 인간을 한낱 나약한 미물로 만들었다. 준서는 그 누구에게도 지지 않을 자신이 있었다. 운동으로 다져진 몸, 자존심으로 똘똘 뭉쳐진 정신력. 하지만 그 모든 것이 자연 앞에서는 무기력했다. 최고라고 생각했던 것이 맥없이 허물어졌다.

타밍에게 의지한 몸을 빼려고 할수록 타밍은 팔을 더 단단하게 조였다. 타밍의 몸에 의지한 자신은 나약한 인간일 수밖에 없었다. 160센티미터가 조금 넘는 키, 왜소한 타밍은 준서의 커다란 몸을, 축 늘어진 몸을 쉽게 다루었다. 타밍의 몸은 의외로 단단했다.

준서는 무거운 머리가, 고통스러운 심장이 괜찮아지기만 바라면서 타밍에게 몸을 맡겼다.

히말라야 로지의 작은 불빛을 지나왔다. 어퍼도반 로지까지는 내려가야 했다.

준서는 어둠 속에서 자신과의 싸움을 하고 있었다. 머리를 꽉 움켜잡았다. 뇌가 폭발할 듯 부풀어 오른 느낌이었다. 팽창한 머리를 쥐어짜는 듯한 아픔, 갈가리 파편이 되어 흩어져 버릴 것만 같은 고통은 참기 힘들었다. 둔탁한 돌덩이가 머리를 내리쳤다. 끔찍한 고통이었다. 준서는 몸에서 힘이 쫘악 빠지는 것을 느꼈다.

타밍은 축 늘어진 준서를 보며 물었다.

"괜찮아?"

준서는 고개를 끄덕였다. 말할 기력조차 없었다. 타밍이 속삭였다.

"조금만 참아. 폭포 지나면 괜찮아져."

준서는 머리를 푹 숙였다. 머리가 돌덩이처럼 무거워서 들 수가 없다.

"하!"

준서의 입에서 나는 소리는 기가 다 빠져나간 듯 힘이 하나도 없다.

그때였다. 폭포 소리가 준서의 귀를 뚫고 들려왔다. 어둠 속에서 들려오는 물소리다. 준서는 힘을 내기 위해 입을 앙다물었다.

기영우 선생은 이마에 맺힌 땀방울을 닦아 냈다. 두 눈은 어두운 숲으로 향했다. 숨을 내쉬기 위해 입을 크게 벌렸다.

"아하!"

기영우 선생은 고개를 돌렸다. 준서 눈과 마주쳤다. 기영우 선생은 멋쩍은 듯한 웃음을 지었다.

"최준서, 네 덕분에 나도 살았어. 작은 구멍 속에 머리가 꽉 낀 느낌이었거든. 매슥거려서 죽을 거 같더라."

기영우 선생은 준서 어깨를 잡았다.

"조금만 더 힘내서 어퍼도반 로지까지 내려가자."

준서는 타밍에게 의지한 채 걸었다.

'편하다.'

누군가에게 몸을 맡긴 것은 처음이었다. 세상에서 믿을 사람이라고는 자신뿐이라고 생각했는데…….

아빠 일은 준서를 외톨이로 만들었다. 냉정한 외톨이.

준서는 '흡!' 하고 놀랐다. 머리가 찢어질 듯한 고통에 휩싸였을 때 떠오른 아빠. 기억에서 지우려고 했던 아빠 얼굴이 떠올랐던 이유가 뭔지 알 수 없었다. 그토록 잊으려고 했던 아빠였다. 더는 떠올리기 싫었던, 기억하기 싫었던, 그래서 억지로 기억 속에서 지웠던 아빠 모습이 한순간 스치고 지나갔다. 아빠 얼굴이 떠오른 순간 머리가 지끈거리기 시작했다.

폭포 소리가 점점 커졌다. 우렁차고 시원했다. 준서는 숨을 길게 내쉬었다. 살 것 같았다. 몸은 무거웠으나 쥐어짜던 두통은 서서히 풀렸다. 준서는 타밍에게 의지하던 몸을 떼어 내고 천천히 걸

172

음을 옮겼다. 타밍은 앞장서 걸으면서 준서 걸음에 보조를 맞추었다. 타밍의 랜턴 불빛은 안내자 역할을 했다.

준서는 고도가 낮아지고 있음을 알 수 있었다.

어둠 속에서 작은 불빛이 보였다.

"어퍼도반 로지."

타밍이 소리쳤다. 준서는 비로소 웃을 수 있었다. 오랜만에 피어난 환한 웃음이었다.

"타밍, 고마워."

기영우 선생이 놀란 눈으로 준서를 봤다. 준서는 어색한 웃음을 지었다. '고맙다.'는 말이 자신의 입에서 나왔다는 것을 안 순간 깜짝 놀랐다. 준서에게 '고맙다.'는 말은 금기어였다.

준서는 그냥 마음 가는 대로 맡겨 두기로 했다. 지금은 머리가 무겁지 않아서 좋았고, 심장에 가해지던 압박감이 사라지고 있어서 좋았다. 그냥 편하게 쉬고 싶을 뿐이었다. 어둠 속의 작은 불빛은 준서의 몸과 마음을 편안하게 했다. 아주 오래전에 느꼈던 편안함이었다.

조금 더 내려가자 어둠 속에 잠들어 있는 어퍼도반 로지가 나왔다.

"괜찮아?"

준서는 고개를 끄덕였다. 기영우 선생이 준서를 보며 물었다.

"여기서 쉬어도 되겠어?"

"네. 괜찮아졌어요."

타밍이 준서와 기영우 선생을 숙소로 안내했다.

새벽 1시였다.

준서와 기영우 선생은 침낭 안으로 들어갔다. 기영우 선생이 얼굴을 내밀고 준서를 보며 말했다.

"준서야, 힘들면 깨워라. 혼자서 참지 말고… 알았지?"

준서는 고개를 끄덕였다. 그러고는 침낭을 머리 위로 끌어당겼다. 그냥 푹 쉬고 싶은 생각뿐이었다.

기영우 선생의 코 고는 소리가 밖으로 새어 나왔다. 피곤이 몰려왔다. 눈을 감았지만 잠이 오지 않았다. 고산증세에 시달리는 모습, 무기력한 자신의 모습이 머릿속에서 둥둥 떠다녔다. 한순간에 허물어져 버리는 나약한 인간임을 들켜 버렸다. 짜증이 솟구쳐 올랐다. 준서는 머리를 흔들었다. 이번에는 아빠 얼굴이 떠올랐다.

아빠가 119구급차에 실려 가는 모습을 바라볼 수밖에 없었다. 구급대원 아저씨 팔 사이로 보였던 얼굴. 일그러진 아빠 얼굴이었다.

중학교 1학년 여름방학을 며칠 남기지 않은 화요일이었다. 기말고사가 끝나고 교과목이 끝난 학교는 느슨했다. 그날도 학교를 일찍 마쳤다. 학원 갈 시간까지는 두 시간이나 여유가 있었다. 준서는 친구들이 피시방으로 잡아끄는 것을 뿌리치고 버스에 올라탔다. 아빠가 일하는 아파트로 가는 버스였다. 이상하게 발이 아빠에게로 향했다. 며칠 전 우연히 버스에서 들은 뉴스 때문이었는지도 모른다.

'아파트 입주민 경비원 폭행 사건.'

준서는 아빠를 좋아하지 않았다. 하지만 아파트 경비원 폭행 사건에 관한 기사를 보는 순간 화가 치밀어 올랐다.

그날 자신이 왜 아빠에게 갔는지는 알 수 없다. 그냥 아파트 경비원인 아빠가 궁금했을 뿐이었다. 일부러 경비실과 떨어진 아파트 단지를 어슬렁어슬렁 걸었다. 아빠와 마주치지 않길 바라면서.

놀이터 의자에 앉아서 이야기하고 있는 할머니와 눈이 마주쳤다. 준서는 당황한 듯 고개를 돌렸다.

"학생, 몇 동에 살아?"

할머니는 안경 너머로 준서를 뚫어지게 바라봤다.

"왜요?"

"우리 아파트 학생이 아닌 것 같아서."

"경비실 옆 동에 사는데요."

준서는 능청스럽게 대답했다. 분홍색 원피스를 입은 할머니가 신경 쓸 거 없다는 듯 안경 쓴 할머니 팔을 잡았다. 준서는 바닥에 침을 찍 뱉고 걸음을 옮겼다.

'씨발, 기분 잡쳤네. 피시방에나 가야겠다.'

그때였다.

삐오! 삐오! 삐오!

구급차 소리였다.

'누가 다쳤나?'

준서는 구경거리가 될지도 모른다는 생각으로 구급차 소리가 들리는 곳으로 걸음을 옮겼다.

구급차는 아파트 입구에서 멈췄다. 경비실 바로 앞에. 사람들이 구급차 주변을 에워쌌다. 준서는 뛰었다. 그냥 뛰어야 할 것만 같았다. 준서는 사람들 틈을 비집고 고개를 들이댔다. 구급대원이 누군가에게 심폐소생술을 하고 있었다. 경비복이 눈에 들어왔다. 준서는 자기 생각이 틀리기를 바라며 몸을 밀어 넣었다.

헉!

준서 눈이 동그래졌다. 콧등에 난 까만 점. 아빠가 복점이라고 말했던 까만 점이 눈에 들어왔다. 아빠가 분명했다. 준서는 아빠 앞으로 가려고 했지만 구급대원이 막아섰다. 준서는 아무것도 할 수 없었다. 그사이 구급차는 아빠를 싣고 아파트를 빠져나갔다. 그것이 마지막이었다. 아빠와의 마지막.

아파트 주민의 갑질로 목숨을 잃은 경비원 이야기는 한 달 넘게 방송을 달구었다. 남아 있는 경비원 가족의 괴로운 마음은 아랑

곳하지 않았다. 계속되는 방송은 가족들에게 상처가 되었다.

하루아침에 고아가 되어 버린 준서. 준서는 지방에 있는 할머니 집으로 내려갔다. 초등학교 1학년 때, 시장에 간다던 엄마가 돌아오지 않았다. 음주운전 차에 치여 그 자리에서 즉사했던 것이다. 그 후 가끔 만나 밥을 함께 먹었던 외삼촌이 혼자 사는 할머니에게 준서를 보냈다. 아니, 할머니에게 맡겼다.

준서는 변하기 시작했다. 살아남기 위해, 강해지기 위해 담배를 피웠고, 술을 마시기 시작했다. 술을 마시면 화가 났고, 화가 나면 주먹을 휘둘렀다. 준서의 폭력은 날이 갈수록 심해졌다. 이유는 다양했다. 그냥 기분 나쁘다고, 마음에 들지 않는다고, 자신을 무시했다고. 준서는 기분이 풀릴 때까지 주먹을 휘둘렀다. 어느새 친구들 사이에서 '짱'이란 소리를 듣게 되었다.

친구들은 준서를 보면 슬금슬금 자리를 피했다. 학교 선생님들도 더는 어쩔 수 없는 놈으로 낙인을 찍었다. 준서의 반항은 거칠었다. 아니, 거칠 수밖에 없었다. 세상에 대한 반항, 어른들에 대한 반항이었다.

고등학교 1학년 겨울방학을 며칠 앞둔 날이었다. 아빠가 농협 조합장인 같은 반 친구를 때렸다. 연우를 좋아한다는 녀석을 그냥 두들겨 팼다. 그것이 화근이었다.

준서와 연우는 소꿉친구다. 5살 때부터 준서가 할머니 집에 내려올 때면 항상 같이 놀았던 친구. 팬티만 입고 모래놀이를 했으며, 잠도 같이 잤다. 중학교 때 연우가 준서를 좋아한다고 했을 때 준서는 친구라고 못을 박았다. 그런데 녀석이 연우를 좋아한다는 것이다. 그것도 준서가 찌질이라고 생각하던 녀석이. 준서는 짜증이 났다. 그 녀석이 연우를 좋아한다는 것 자체가 못마땅했지만, 치사하게 소문을 낸 점이 더 싫었다. 준서는 가만있을 수 없었다. 학교를 마치고 학원 가는 녀석을 붙잡았다.

"너, 하연우가 그렇게 좋아?"

녀석이 뒤로 물러섰다. 하지만 고개는 빳빳하게 들었다.

"네가 상관할 일은 아니잖아."

"좋게 이야기할 때 소문 없애라."

녀석은 대답하지 않고 쭈뼛쭈뼛 뒤로 물러설 뿐이었다.

"인마, 하연우는 내가 잘 아는데… 너같이 비겁한 녀석을 제일 싫어해."

"……."

그때 녀석이 대답만 했어도 준서 주먹은 날아가지 않았을 것이다. 딱 한 번이었다. 주먹 한 대가 녀석의 얼굴을 강타했고, 코뼈가 부러졌다.

조합장인 녀석의 아빠는 준서를 소년원에 보내라고 난리 쳤다. 당시 준서 담임 선생이 각서를 쓰고 기영우 선생이 있는 학교로 준서를 보냈다.

기영우 선생은 준서에게 권투를 시켰다. 친구를 때리지 말고 샌드백을 치라고 했다. 학교 체육관 문은 항상 열려 있었다. 아이들 숫자만큼 매달린 샌드백. 학생들에게 화날 때면 언제든지, 마음대로 체육관에 와서 샌드백을 치라고 했다.

화가 가득 찬 준서는 체육관에서 살다시피 했다. 준서는 그곳에서 욕을 입에 달고 사는 태호를 만났다. 태호를 자신의 상대라고 생각해 본 적은 없었다. 투덜거리는 태호를 볼 때마다 못난 놈이라는 생각만 들었다. 그런데 이번에 안나푸르나를 걸으면서 태호에 대해 알게 되었다. 폭력 가정에서 살아남기 위해 스스로 애쓰고 있다는 것을. 자신보다 더 슬픈 처지라는 것을. 준서에게는 할머니가 있는데, 태호에게는 아무도 없다는 것을.

'불쌍한 놈.'

준서는 희망원정대 친구들을 생각하다가 까무룩 잠이 들었다.

창밖이 환했다.

준서는 침낭 속에서 얼굴을 내밀었다. 고산증세는 완전히 사라졌다.

'거짓말같이 없어졌어.'

연우의 얼굴이 떠올랐다. 걱정하는 눈빛으로 바라보던 하연우, 자신을 꿰뚫고 있는 하연우. 연우의 걱정하던 눈빛이 가시지 않았다.

'에이씨.'

연우를 멀리하려고 했다. 멀리할수록, 거부할수록 대일밴드처럼 착 달라붙었다. 도저히 미워할 수 없었다. 그렇다고 가까이할 수도 없었다. 자신의 불행한 기운이 연우에게 갈까 봐.

'난, 불행한 기운을 가진 사람이야.'

준서는 스스로 불행한 기운을 가졌다고 생각했다. 자신에게는 희망이 없었다. 그런 자신을 가까이하려고 하는 연우를 멀리 내치려고 했다. 그 길만이 연우를 지키는 길이었다.

'약하다고 생각했던 친구들이 나보다 강했어.'

희망원정대 친구들을 떠올렸다. 천방지축인 허봉남, 깐죽거리는 천태호, 무게 잡는 진시후, 까칠한 배은서, 무슨 생각을 하는지 알 수 없는 정소하.

'녀석들보다 강하다고 생각했는데…….'

준서는 침낭 밖으로 나왔다. 기영우 선생은 잠에 깊이 빠져 있었다.

아침 공기는 차가웠다. 준서는 비니를 푹 눌러 쓰고 우모복을 여몄다. 설산의 왕인 마차푸차레가 눈에 들어왔다. 아침 해가 마차푸차레를 비추자 황금빛으로 물들었다. 물고기 꼬리 모양의 두 봉우리가 온 세상 사람들에게 희망의 기운을 주려는 듯 기운차게 하늘로 솟아 있었다.

준서는 심장이 뜨거워지는 것을 느꼈다. 자신도 마차푸차레로 부터 희망의 기운을 받은 것만 같았다.

'내가 그럴 자격이 있을까? 아냐.'

고개를 저었다.

"괜찮아?"

타밍이었다.

"내가 제일 좋아하는 산이야. 신들의 산. 맑은 기운이 느껴지지 않아?"

해맑은 미소를 띤 타밍이 준서를 봤다.

"넌 마차푸차레 기운을 가진 아이야."

"……?"

준서는 타밍을 뚫어지게 쳐다봤다.

"처음 너를 봤을 때 마차푸차레가 떠올랐어. 신들의 왕 마차푸 차레 말이야."

준서는 마차푸차레로 고개를 돌렸다.

'신들의 왕 마차푸차레.'

"난, 기운을 느낄 수 있어. 맑으면서 강한 기운 말이야. 너에겐 그런 기운이 있어. 마차푸차레처럼 맑은 기운, 강한 기운을 가진 사람은 찾기 힘들거든."

타밍의 눈이 빛났다.

마차푸차레를 둘러싼 황금 햇살이 퍼지기 시작했다. 한 줄기 빛이 준서를 향해 내려앉았다. 따뜻했다. 마음이, 온몸이. 따뜻한 기운이 준서의 몸 안으로 스며들었다.

대지는 인간에게 속한 것이 아니며, 인간이 오히려 대지에 속한 것이다

데우랄리(3,200미터) → 마차푸차레 베이스캠프(3,700미터)

연우는 밤새 뒤척였다.

어둠 속에서 되돌아 내려가는 준서의 뒷모습을 잊을 수가 없었다. 아니, 마음에 걸려 잠이 오지 않았다.

어릴 때부터 봐 왔던 준서였다. 정의감이 강했던 친구. 그런데 어느 순간 변했다. 중학교 2학년, 어른들은 사춘기라고 했지만 180도로 변한 준서는 낯설게 다가왔다.

세상과 담을 쌓은 듯, 사람들에게 복수하기 위해 살아가는 듯했다. 하지만 이해할 수 있었다. 엄마의 갑작스러운 죽음 이후 아빠의 죽음까지. 자신이 변하지 않고서는 살아가기 힘들었을 것이란 생각이 들었다. 그것이 비록 잘못된 강함이라 할지라도.

준서가 할머니 집으로 내려온 후 연우는 준서 주위를 맴돌았다.

어떻게든 도와주고 싶었다. 준서가 희망원정대에 참가하게 된 것
도 연우에 의해서였다. 연우는 삼촌 친구인 김홍빈 대장에게 부탁
했다. 처음에 김홍빈 대장은 일진에 속해 있던 준서를 부담스러워
했다.

"일진 녀석들은 감당하기 힘들당께. 그 녀석들은 그냥 놔두자.
괜히 잘못 건드렸다간 더 큰일을 만등께."

"희망원정대 대장이잖아요. 준서는 내가 알아요. 지금 준서에
겐 자신을 잡아 줄 어른이 필요하다고요."

연우는 김홍빈 대장에게 자신이 알던 준서에 관해 이야기했다.
준서가 왜 폭력적으로 변할 수밖에 없었는지도 나름대로 변호했다.

"준서에겐 희망을 심어 줄 어른이 필요해요. 대장님이 그런 친
구 같은, 삼촌 같은 어른이 돼 주세요."

연우의 집요함이 김홍빈 대장의 마음을 흔들어 놓았다. 김홍빈
대장은 준서의 멘토가 되기로 했다. 그렇게 준서는 반강제적으로
희망원정대에 참가했다.

연우는 준서가 고산병으로 산에서 내려갈 것이라고는 생각하지
못했다. 강하다고 자신했던 준서였기 때문이다. 그만큼 충격이 컸다.

데우랄리까지 올라오면서 준서의 마음에 변화가 일어나고 있다
고 느꼈다. 목적지까지 거의 다 왔는데… 조금만 더 올라가면 되는
데… 중도에 내려가야 했던 준서의 마음을 생각하자 눈물이 났다.

준서가 희망이 없다고 생각할까 봐. 자포자기할까 봐.

 연우는 아침 해가 설산 능선 위로 올라오자 김홍빈 대장을 찾아갔다. 마침 김홍빈 대장은 안나푸르나 봉우리를 올려다보고 있었다.

"대장님."

"먼일이냐?"

"대장님, 우리 일정 하루만 늦추면 안 돼요?"

"그라믄 일정이 복잡해져 부러."

"준서 고산증세 괜찮아졌을까요?"

"그럴 것이다. 고산병은 산에서 내려가믄 금방 좋아져 븐께. 근디, 그런 건 왜 묻냐?"

"준서가 다시 올라오려고 할 거 같아서요. 힘들게 여기까지 왔잖아요. 준서, 분명 다시 올라올 거예요."

"다시 올라오기 힘들 것이여. 고산병으로 한번 내려가믄 안 올라 할 것인디."

"준서는 달라요. 다시 올라올 거예요. 내가 잘 알아요. 준서가 올라올 때까지 기다려 주시면 안 돼요?"

"안 돼!"

"준서가 올라올 때까지 우린 여기서 꼼짝하지 않을 거예요."

은서였다.

"씨발, 그 녀석이 고산병에 걸려서 고소하긴 한데요. 우리가 의리 하나는 최고잖아요. 저도 녀석이 올 때까지 꼼짝하지 않을 거예요."

태호 목소리는 단호했다.

"우린 한 팀이에요. 모두 같이 안나푸르나 베이스캠프까지 갈 거예요."

소하였다.

"우와, 정소하."

태호가 소하를 보며 엄지를 치켜세웠다. 김홍빈 대장은 일행을 둘러봤다.

"니들, 왜 그냐?"

"대장님!"

김지현 선생의 눈빛도 단호했다.

"김지현 선생, 너까지 그냐?"

"대장님이 허락하실 때까지 여기서 한 발짝도 안 움직일 거예요."

연우가 소리쳤다. 김홍빈 대장은 잠시 생각하다가 일행을 봤다.

"그러믄 기영우 선생한테 연락해 보고, 최준서가 다시 올라온다고 하믄 하루 쉬고, 안 온다믄 무조건 가는 거여."

"역시 대장님이세요."

김홍빈 대장은 기영우 선생에게 연락을 취했다. 준서가 다시 올라가려고 고집을 피운다는 이야기를 들은 김홍빈 대장은 하루를 데우랄리에서 기다리기로 했다. 준서와 기영우 선생이 다시 올라올 때까지.

오전 11시였다.

"대장님, 마중 가면 안 돼요?"

연우는 김홍빈 대장에게 물었다.

"어딜 마중 간다는 거여? 힘 다 뺄라고야?"

"힘 안 빼요. 요 밑에까지만 마중 갔다 올게요."

연우는 마중 가겠다고 고집부렸다. 결국 김홍빈 대장은 김지현 선생과 함께 내려갔다 오라고 했다. 그 뒤를 태호도 따라갔다.

연우의 발걸음은 가벼웠다. 주변 경관을 살필 수 있는 여유도 생겼다. 그만큼 마음이 들떠 있었다. 올라올 때는 보지 못했던 풍경이 눈에 들어왔다. 듬성듬성 눈 쌓인 산맥이 서로 연결되어 있었다. 멋있었다. 산맥을 따라 내려가는 길은 훨씬 쉬웠다. 계곡에 놓인 작은 나무다리를 지나 커다란 바위 앞에서 멈추었다. 눈이 살짝 묻어 있는 하얀 산맥에 둘러싸인 절경이 눈앞에 펼쳐졌다.

"연우야, 여기에서 기다리자. 지금쯤 계단을 올라오고 있을 거야."

김지현 선생의 말에 연우는 계단을 내려다봤다. 끝이 보이지 않았다.

'준서, 괜찮겠지.'

폐 깊숙한 곳에서 올라오는 가쁜 숨을 참으며 걷고 있을 준서가 눈에 선했다. 그때 준서 일행이 나타났다. 빨간 비니를 쓰고 파란색 우모복을 입은 사람은 준서가 분명했다.

"준서야! 최준서!"

연우는 양팔을 높이 치켜들었다. 그러자 타밍이 손을 흔들었다. 기영우 선생도 손을 높이 치켜들었다. 잠시 걸음을 멈춘 준서는 위를 올려다볼 뿐이었다.

타밍이 마지막 계단에 올라섰다. 그 뒤를 준서가, 마지막으로 기영우 선생이.

"와, 높기는 높다!"

기영우 선생이 숨을 길게 내쉬었다. 준서 입에서도 거친 숨이 뿜어져 나왔다.

"네가 돌아올 줄 알았어."

연우는 자신보다 키가 덩그러니 큰 준서를 꼭 껴안았다. 토마토처럼 새빨개진 준서는 고목처럼 가만히 서 있었지만 두 눈은 구슬처럼 반짝였다.

"하연우, 넌 최준서만 보이냐?"

기영우 선생은 조금은 샘이 나는 듯 목소리를 높였으나, 포근히 감싸 주는 것 같은 부드러운 눈길로 두 친구를 쳐다봤다.

"야, 고목에 매미가 앉은 거 같다."

태호가 툭 내뱉었다. 부러운 눈빛이었다. 타밍이 엄지손가락을 치켜세웠다.

"준서, 최고!"

기영우 선생은 주변을 둘러봤다. 듬성듬성 눈이 묻은 산이 거대해 보였다.

'다시 올라오길 잘했어.'

1년 전, 희망원정대를 꾸리기 위해 답사 왔을 때, 기영우 선생은 안나푸르나 베이스캠프까지 거뜬하게 올랐다. 머리가 지근거렸을 뿐 다른 이상은 없었다. 그런데 이번은 달랐다. 3,000미터를 넘어서면서 메스꺼움과 심한 두통을 느꼈다. 그뿐만 아니라 가슴이 답답하고 강한 압박감으로 고통스러웠다. 마침 준서가 고산증세가 심해져서 하산해야 했을 때 안도의 숨을 내쉴 수 있었다.

어퍼도반 로지에서 자고 일어났을 때는 가슴에 가해지던 압박감도, 두통도 깨끗이 사라지고 없었다.

어퍼도반 로지의 아침은 서늘한 기운이 감돌았다.

준서가 아침을 먹으면서 말했다.

"선생님, 저 다시 올라가야겠어요."

"뭐? 너, 괜찮아?"

"이젠 괜찮아요. 다시 올라갈 수 있어요."

"고산병을 얕보다가는 큰코다친다. 죽을 수도 있어."

"이젠 진짜 괜찮아요. 거짓말처럼 두통도 없어지고, 가슴 통증도 사라졌어요. 선생님이 안 된다고 해도 전 올라갈 거예요."

준서는 고집을 부렸다.

기영우 선생 혼자서 결정할 수는 없었다. 마침 데우랄리 로지에 있는 김홍빈 대장에게서 연락이 왔다.

─준서, 괜찮냐?

"안 그래도 연락하려고 했는데… 준서는 괜찮아."

─기영우 선생, 자네 몸은 어때? 힘들어 보여서 타밍과 같이 내려가라고 했던 거여. 고산병이라는 게 고도를 낮추면 언제 그랬냐는 듯 없어진당께.

"자네 말처럼 괜찮아졌어. 그건 그렇고 준서가 다시 올라가겠다고 고집을 부리고 있어."

기영우 선생은 학생들 안전이 중요했다. 희망원정대는 다치는 사람 없이, 사고 없이 안나푸르나 베이스캠프까지 올라갔다 오는 것이 목표다. 학생 중 한 명이라도 잘못되면 그 책임은 기영우 선생 자신이 져야 했다.

김홍빈 대장은 가만히 듣고만 있었다. 잠시 침묵이 흘렀다. 김홍빈 대장의 목소리가 들렸다.

–기영우 선생, 자네 마음 충분히 이해하네. 학생들 사고 나지 않게 애쓰고 있다는 것 말이여. 난 학생들을 믿어.

"물론 나도 우리 학생들을 믿지."

기영우 선생의 목소리에서 한숨이 새어 나왔다. 김홍빈 대장은 기영우 선생의 걱정하는 마음을 잘 알 수 있었다.

–여기 있는 녀석들이 준서가 올라올 때까지 움직이지 않겠다네. 의리 하난 대단하당께. 지금 여기 남은 학생들도 고도 적응을 좀 해야 할 거 같응께, 준서와 자네가 올라올 때까지 오늘은 예비 일로 해 불라네. 하루 늦게 간다고 하늘이 두 조각나는 것도 아니고, 오늘은 마차푸차레 베이스캠프에서 잠을 자는 것도 괜찮겠네. 학생들에게 안나푸르나를 마음껏 즐기라고 하는 것도 좋지 않겠는가?

잠시 침묵이 흘렀다.

기영우 선생은 생각했다. 김홍빈 대장의 말처럼 하루 일정을 늦춘다고 하늘이 두 조각나는 것도 아니다. 만약을 대비해서 예비 일을 이틀 만들어 놓은 것이 다행이라면 다행이었다.

"그러세."

기영우 선생은 아침을 간단히 먹은 후 타밍을 앞세워 되돌아왔던 길을 다시 오르기 시작했다. 타밍이 페이스 조절을 잘 할 수 있도록 도와주었다.

준서는 전날보다 몸이 훨씬 가벼웠다. 내려왔던 길을 다시 올라가면서 여러 가지를 생각했다. 언젠가 태풍이 지나간 뒤에 할머니가 했던 말을 떠올렸다.

−태풍이 마을을 쑥대밭으로 만들어 놨구먼. 태풍이 지나간 자리를 봐라. 사람은 자연 앞에선 한낱 미물에 불과한 거여. 봐라. 혼자선 언제 다 복구하겠냐? 서로 도와야제. 사람들은 말이여, 혼자 살 수 없시야. 서로 도우면서 살아야 하는 거여.

그때는 할머니 말뜻을 이해하지 못했다. 준서 자신은 이 세상에서 인간이 최고라고 생각했다. 이 지구상에 살아 있는 것 중에 사람이 최고라고. 그리고 사람은 혼자서도 잘 살 수 있다고 생각했다.

'난 왜 사람들을 그렇게 미워했을까? 엄마 죽음 때문에? 아빠 죽음 때문에?'

준서는 사람들이 미웠다. 그래서 무조건 강해지기로 했다. 그렇게 친구들 사이에서 강해졌다. 친구들 위에 군림하면서 희열을 느꼈다. 하지만 자신이 강하다고 생각했던 것은 진짜 강함이 아니었다. 자신이 제일 먼저 무너졌으니까. 고산병 앞에서 할 수 있는 것은 아무것도 없었다. 사람은 작은 존재일 뿐이었다.

준서는 포기할 수 없었다.

'안나푸르나 베이스캠프까지 갈 거야. 지금까지 내 앞에 있는 것들을 어떻게든 이기려고만 했어. 바보 같은 짓이었어······.'

준서는 자신 앞에 놓인 것들을 피하지 않고 당당하게 맞서고 싶었다. 폭력이 아니라 마음으로. 안나푸르나 베이스캠프까지 오르면서 자신과의 싸움에서 이기고 싶었다. 그것이 곧 자신의 미래를 찾는 길이라는 생각이 들었다. 또한 자신에게서 희망을 찾을 수 있을지 모른다는 생각도 들었다.

어퍼도반 로지에서 데우랄리까지 다시 올라오는 길은 쉽지 않았다. 하지만 몸도 마음도 한결 가벼웠다. 숨이 가빠올 때 숨을 참는 멍청한 짓은 그만두었다. 가쁜 숨을 마음껏 밖으로 내뿜었다. 땀을 발산했다. 공포감까지 함께 쏟아 냈다.

힘든 순간 자신을 부르는 연우를 보자 반가웠다. 내색하진 않았지만 태호도, 김지현 선생도, 모두 고마웠다.

연우가 자신을 껴안는 순간 행복했다. 준서는 자신을 끝까지 믿고 응원해 준 연우를 두 팔로 힘껏 감쌌다.

준서 눈이 태호와 마주쳤다. 준서는 자신도 모르게 입꼬리를 올렸다.

"뭐, 뭐야? 너, 왜 그래?"

태호 눈이 휘둥그레졌다.

"뭐가 인마."

"너, 왜 안 하던 짓하고 그래? 고산병에 시달리더니 어떻게 된 거 아냐?"

태호가 집게손가락을 들고 머리 옆에서 빙빙 돌렸다.

"천태호, 고만해라. 힘들게 올라온 친구랑 싸우고 싶니?"

김지현 선생이 태호를 보며 눈에 힘을 주었다.

"선생님도 느끼고 있죠? 준서가 이상하다니까요. 날 보고 웃었어요."

"친구를 보며 웃는 게 잘못된 거니? 마중 나와 준 네가 고마워서 그러겠지."

데우랄리 로지로 향하는 준서 일행의 발걸음은 느렸지만, 마음은 가벼웠다.

데우랄리 로지에 다시 도착했다.

준서는 자신을 기다려 준 일행이 고마웠다. 김홍빈 대장, 시후와 봉남, 은서와 소하까지, 모두 준서를 반갑게 맞아 주었다. 준서는 멋쩍은 표정을 지으며 친구들을 봤다.

"최준서, 괜찮아?"

은서가 물었다.

"응."

준서 목소리는 한층 부드러웠다.

봉남은 준서 주위를 한 바퀴 돌더니 주먹을 턱에 갖다 댔다.

"최준서도 사람이다. 나랑 같은 사람이다, 이 말씀이야."

태호가 봉남의 등을 쳤다.

탁.

"인마, 네가 로댕이라도 되는 줄 아냐?"

"안나푸르나에서 폭력을……"

태호가 눈알을 부라리자 봉남은 말꼬리를 내렸다.

"너희들 그만해. 올라오느라 힘든 친구 앞에서 뭐 하는 거야?"

연우가 태호와 봉남을 향해 눈을 흘겼다.

"그러다 정들겠다."

은서가 두 친구를 보며 툭 내뱉었다.

"뭔 소리야. 내가 왜 저 녀석과 정이 드냐? 재수 없으니까 그런 말 하지 마라."

태호가 몸을 휙 돌렸다.

"점심 먹고 바로 출발할랑께 배낭 챙기고 식당으로 모여라잉."

김홍빈 대장이었다. 활짝 웃고 있었다.

"너희 점심 안 먹었어?"

태호가 물었다.

"친구가 다 모이지 않았는데 우리끼리 먹으면 배신하는 거지.

우리는 함께 죽고 함께 사는 팀이잖아."

봉남이 소리쳤다.

"역시, 친구가 최고다."

태호 말에 준서도 고개를 끄덕였다. 일행은 점심을 먹기 위해 식당으로 들어갔다.

오후 1시 30분.

마차푸차레 베이스캠프, MBC로 출발하기 위해 모두 모였다. 3,000미터가 넘는 고도였다. 고도가 높아진 만큼 날씨도 추웠다. 일행은 우모복으로 몸을 단단히 여몄다. 강한 햇빛으로부터 눈을 보호하기 위해 선글라스도 꼈다.

"인자부터는 진짜로 설산을 걷는 기분이 들 것이다. 대자연의 신비를 느낄 수 있을 테니께 너무 감탄들 허지 말고. 인자 고산증세가 자주 나타날 것이여. 속도 안 좋고, 머리도 아프고, 가슴도 답답한 증상은 누구에게나 다 있는 증상잉께 다들 겁먹지 말고."

김홍빈 대장이 일행을 둘러보며 말했다.

"인자, MBC로 가 보자."

데우랄리 로지에서 나오자 바로 계단이었다.

"뭐야, 또 계단이야?"

일행은 한마디씩 내뱉고 앞을 향해 걷기 시작했다.

큰 산맥 사이로 천천히 천천히 한 걸음씩 앞으로 나아갔다. 일행의 걸음은 점점 느려졌다. 앞으로 발을 떼어 놓을 때마다 발이 땅에서 떨어지지 않았다. 시후와 소하는 점점 뒤로 처졌다.

일행이 걷는 왼쪽과 오른쪽 산 사이로는 계곡이 흘렀다.

"헉, 헉, 헉."

일행이 내쉬는 숨소리가 계곡물 소리에 묻혔다.

"여기 계곡에는 물이 겁나게 많아. 왜 많은지 아냐?"

김홍빈 대장이 앞서 걷는 일행을 보며 물었다.

"눈이 녹아서 흐르니까 그렇잖아요."

태호가 숨 쉬기 힘든 듯 목소리를 낮추었다.

"태호, 대단한데."

"당연한 것을 물으면서 대단하대. 씨발, 한 발짝 앞으로 내닫기도 힘든데."

태호 말에 토를 다는 친구는 아무도 없었다.

산맥 사이로 난 좁은 길을 지나자 넓은 들판이 나왔다. 햇살이 강했다. 선글라스가 눈 부신 햇빛을 차단해 주었다.

"잠시 휴식."

일행은 배낭을 내려놓고 철퍼덕 주저앉았다.

산맥 사이에 있는 넓은 들판은 김홍빈 대장이 가장 좋아하는 장소였다. MBC로 올라가는 길에 있는 넓은 평지길이다. 옆에는 강물이 흐르고, 뒤에는 설산이 보였다. 양옆으로는 큰 산맥들이 웅장하게 들어서 있었다. 눈 덮인 산을 보고 있으니 머리가 맑아졌다. 일행은 배낭 위에 몸을 눕히고 햇볕을 마음껏 받아들였다.

휴식이 끝났다. 저녁 해가 산맥 사이로 빨리 숨어들기 때문에 다시 걸음을 옮겨야 했다.

"다 쉬었쓰께 다시 올라가야제."

"좀만 더 쉬어요. 도저히 못 걷겠어요. 땅이 내 발을 잡아당긴단 말이에요."

봉남이었다.

"넌 지금도 징징거리니?"

은서가 봉남을 보며 쏘아붙였다.

"내가 언제 징징거렸다고 그래?"

봉남이 벌떡 일어섰다.

평지를 지나자 오르막이 나왔다. 고도가 높아지면서 주변은 눈으로 덮여 있었다. 난도가 상승했다는 것을 알 수 있었다.

봉남은 그 자리에 주저앉고 싶었다. 하지만 그럴 수는 없었다. 잠깐 뒤돌아봤다. 소하와 은서, 시후는 얼굴을 땅에 두고 묵묵히 걷고 있었다. 세 친구 뒤에는 준서와 연우, 김지현 선생이, 맨 뒤에는 김홍빈 대장과 태호가 말없이 걷고 있었다. 모두 발을 질질 끌고 있는 것처럼 보였다. 봉남은 타밍과 기영우 선생의 발끝을 보며 다시 걸음을 옮겼다. 산소가 부족하다는 것을 실감할 수 있었다. 그만큼 걸음도 느렸다. 한 발, 한 발.

타밍과 포터들은 김홍빈 대장 일행의 걸음이 아주 느려진다 싶으면 잠시 멈춰 휴식을 취하곤 했다. 딱 10분이었지만. 10분은 1분처럼 빠르게 지나갔다.

"타밍, 조금만 더 쉬자."

봉남이 숨넘어가는 소리로 부탁했다. 하지만 타밍의 목소리는 한결같았다.

"안 돼. 가야 해."

잠시 숨을 돌린다 싶으면 다시 일어서서 걸어야만 하는 길은 한마디로 고행길이었다. 누가 여길 오려고 했을까? 봉남은 엄마가 반대했지만, 자신이 지원했다.

"선생님, 저 안나푸르나에 꼭 가고 싶어요."

"왜? 꼭 가야 하는 이유가 있을 거 아니냐?"

"나를 찾고 싶어요. 내 미래가 있는지, 내 앞에 희망이 있는지 알고 싶어요."

"인마, 안나푸르나에 간다고 미래를 알 수 있냐? 희망은 여기서도 찾을 수 있어."

"알아요. 하지만 저 자신을 시험해 보고 싶어요. 힘든 것을 극

복할 수 있는지 알고 싶다고요. 지금은 미래가 보이지 않아요. 엄마를 도와서 손님들 머리 만지는 거… 선생님도 아시잖아요. 내가 어떤 녀석인지."

기영우 선생은 봉남을 잘 안다. 싱거운 녀석. 친구들은 봉남을 배알도 없는 놈이라고 했다. 기영우 선생은 봉남이 중도에서 포기하지 않을까, 내심 걱정하며 희망원정대에 넣었다. 안나푸르나의 힘든 여정 속에서 봉남의 말처럼 자신도 뭔가 해 보겠다는 희망을 품을 수 있기를 바랄 뿐이었다. 봉남은 장점이 많은 녀석이었다. 단지 봉남 자신만 모르고 있을 뿐이었다.

해가 산맥 너머로 사라지고 있었다. 우모복을 입었지만, 일행은 추위를 느꼈다.

"다 왔응께. 조금만 더 힘내자."

김홍빈 대장이 외치는 소리가 들렸다.

언덕에 올라서자 파란 지붕이 보였다. 마차푸차레 베이스캠프였다.

"다 왔다! 마차푸차레 베이스캠프다!"

봉남이 소리쳤다. 친구들이 모두 고개를 들었다. '정말 다 온 거야?'라고 묻듯이.

마차푸차레 베이스캠프를 막아선 깔딱고개만 올라가면 된다. 계단은 일행의 마지막 남은 힘까지 쏟아부어야 오를 수 있을 것만 같았다.

봉남은 마지막 남은 힘을 아끼지 않았다.

"헉! 헉! 헉!"

거친 숨이 뿜어져 나왔다. 파란 지붕의 마차푸차레 베이스캠프,
MBC 로지가 너무 반가웠다. 로지에 도착한 봉남은 소리를 질렀다.

"야호! 다 왔다!"

정상에 오른 느낌이었다.

해는 산맥 너머에 있었다.

친구들이 하나, 둘 로지로 들어섰다. 모두 환호성을 질렀다. 어
려움을 이겨 내고 올라선 곳. 준서, 봉남뿐만 아니라 모든 친구가
희열을 느꼈다. 자신이 해냈다는 자부심이라고나 할까.

일행의 얼굴은 벌겋게 달아올랐고 힘들게 숨을 내쉬고 있었지
만, 그 표정만은 어느 때보다 밝았다.

자신의 삶은 스스로 만들어 가는 것이다
마차푸차레 베이스캠프(3,700미터)

마차푸차레 베이스캠프에 어둠이 순식간에 내려앉았다. 바람이 살을 엘 듯 맵짜게 불어닥쳤다.

춥다.

"진짜 춥네."

봉남은 장갑 낀 손을 입에 대고 호호 불었다. 하얀 입김이 뿜어져 나왔다.

진짜 춥다. 잠깐 사이였지만 모든 감각기관이 마비된 것만 같았다.

"애들아, 빨리 들가라. 춥다, 추워."

김홍빈 대장이 재촉했다. 일행은 무거운 돌덩이를 짊어진 듯 느릿느릿 건물 안으로 들어갔다.

따뜻한 온기가 몸을 감쌌다.

"나마스테."

타밍이 활짝 웃었다. 하지만 봉남은 웃을 수가 없었다. 친구들도 얼굴을 일그러뜨리고 있었다. 얼었던 몸이 흐물흐물 녹아내리는 것 같았다.

"나마스테."

일행은 타밍을 비롯해 건물 안에 있는 사람들과 인사를 나누었다. 몸과 마음이 지쳐 있는 감정 없는 목소리, 습관처럼 튀어나온 목소리였다.

타밍이 따뜻한 밀크티를 손에 쥐여 주었다. 봉남은 두꺼운 장갑을 벗고 찻잔을 받았다. 따뜻했다. 꽁꽁 얼었던 손가락 끝에, 감각을 잃은 것 같았던 손바닥에 온기가 전해졌다. 그 온기는 서서히 몸 전체로 퍼져 나갔다. 얼음 속에 갇혔던 몸이 꿈틀거렸다.

'이 느낌은 뭐지?'

봉남은 밀크티 잔을 쥔 손을 가만히 내려다봤다. 잔 안에서 김이 모락모락 올라왔다. 하얀 김 안에서 얼굴이 아른거렸다. 자신의 얼굴이 아닌, 아기 얼굴이.

파란 포대기 안에 쌓인 아기, 잠을 자는 듯 눈을 감고 있었다. 순간 눈을 떴다. 봉남과 눈이 마주쳤다. 아기는 얼굴을 찡그리더니 울기 시작했다. 온몸으로 울고 있는 아기에게서 봉남은 눈을 뗄 수가 없었다. 가슴이 찢어질 듯 아팠다. 의자에 털썩 주저앉았다. 다리 힘이 풀렸다. 하지만 제 다리가 아닌 다른 사람의 다리 같았다. 내 맘대로 움직일 수 없는, 꼭 누군가의 다리가 자신의 몸에 붙어 있는 것만 같았다. 긴장했던 몸이 풀렸기 때문인지 온몸을 세차게 두들겨 맞은 것만 같다. 어깨도, 머리도.

갑자기 속이 메스꺼웠다.

봉남은 친구들을 돌아봤다. 모두 얼굴을 잔뜩 찡그리고 있었다. 입을 꼭 다물었다. 손대지 않은 밀크티 잔은 탁자에 덩그러니 놓여 있었다.

타밍이 저녁으로 라면을 끓여 왔다. 국물이 빨간 라면이었다.

"니들 오늘 특식이다이. 퍼지기 전에 묵어 봐라. 맛이 괜찮을 것인께."

김홍빈 대장은 일행을 보며 자신이 먼저 라면을 한 젓가락 입으로 가져갔다.

"속이 매슥거려서 못 먹겠어요."

은서가 얼굴을 찌푸렸다.

"토할 거 같아요."

태호였다. 기영우 선생이 물었다.

"천태호, 네가 웬일이냐? 라면 좋아하잖아. 그것도 얼큰한 라면."

"에이씨, 지금은 햄버거를 줘도 못 먹겠다고요! 토하고 싶다고요!"

"천태호, 참아라."

김지현 선생이 태호를 보며 말했다.

"나도 속이 더부룩하고 배가 빵빵해."

김지현 선생은 일행을 둘러보고 김홍빈 대장에게로 눈길을 두었다.

"한 끼 안 먹는다고 죽지는 않으니까 그냥 올라가서 쉬는 게 좋겠는데요."

"라면이 아깝긴 한디… 태호는 먼저 올라가서 쉬어라."

타밍이 앞장서고, 태호와 김지현 선생이 그 뒤를 따라 숙소로 올라갔다.

"아, 추워."

소하는 얼굴을 팔 속에 푹 파묻었다. 옆에 있던 연우가 소하 이마를 짚었다.

"대장님, 소하 이마가 불덩이예요."

"뭐? 언제부터 열이 난 거야?"

기영우 선생이 소하 앞으로 다가갔다. 소하 이마는 펄펄 끓는 불가마처럼 뜨거웠다.

"정소하, 열이 나면 말했어야지!"

소하는 몸을 떨 뿐 말이 없었다. 그때 김지현 선생이 숙소에서 내려왔다.

"김지현 선생. 정소하, 이 녀석 이마가 불덩이야. 좀 봐 줘."

김지현 선생이 소하 몸을 살폈다.

"이그, 미련스럽기는. 아프면 아프다고 말해야지, 왜 참아? 참지 말라고 몇 번을 말했니?"

소하는 여전히 말이 없었다.

"해열제 먹이고 재워야겠어요."

김지현 선생이 걱정스러운 얼굴로 소하를 내려다봤다.

"또 아픈 친구 있니? 아프면 말해. 알았지? 참는 것처럼 미련스러운 일은 없는 거야."

"머리가 아프긴 하지만 참을 만해요."

준서였다.

"가슴이 답답해서 숨쉬기 힘들 뿐이에요."

시후도 소하가 걱정스러운 듯 바라봤다.

시후는 마차푸차레 베이스캠프로 올라올 때부터 가슴 압박감 때문에 숨쉬기 힘들었다. 일행 모두에게 나타나고 있는 증상이었지만 정말 힘들었다.

"3,700미터까지 올라왔으니 숨쉬기가 힘들 것이여. 오늘 밤이 지나믄 괜찮아질 수도 있으니께 너무 걱정하지 말고. 따뜻한 물 많이 묵고, 머리를 항상 따뜻하게 해라이."

김홍빈 대장이 일행을 걱정스러운 듯 바라봤다.

"참을 수 있어요."

시후가 자신에게 다짐하듯 목소리에 힘을 주었다.

"대장님, 정소하 숙소에 데려다주고 올게요. 누구 같이 갈 사람 있어? 배은서, 하연우, 너희는 괜찮아?"

"참을 만해요. 그래도 쉬고 싶어요. 같이 갈래요."

은서와 연우가 소하와 같이 숙소로 올라갔다.

"허봉남, 넌 괜찮냐?"

김홍빈 대장이 아무 말 없는 봉남이 걱정된 듯 물었다. 봉남은 고개를 끄덕였다. 참을 만했다. 머리가 띵하고 숨쉬기 힘들 뿐이었다. 따뜻한 온기 때문인지 몸이 서서히 풀렸다.

"진짜 괜찮은 거여? 힘들면 말해야."

"네. 괜찮아요. 머리가 띵하고 숨쉬기 힘든 거는 고산에 올라오면 생기는 증상이라고 했잖아요."

"그래. 지금 니들이 느끼는 메스꺼움이나 머리 띵한 것, 가슴 통증은 고도가 높아서 나타나는 현상잉께 놀랠 필요는 없시야. 그냥 받아들이면 편할 것이여. 그래도 심하게 아프믄 언제든지 말해야 한다잉. 알았지?"

"네."

일행은 합창하듯 대답했다. 이미 많이 들어서 아는 이야기였다.

"라면이 아깝긴 허지만 한 끼 굶는다고 죽기야 허겄냐? 그냥 숙소로 올라가자."

김홍빈 대장이 앞장섰다.

숙소로 온 일행은 신발만 벗고 침낭으로 들어갔다. 너무 추워서 옷을 벗을 수가 없었다. 비니도 푹 눌러쓰고 두꺼운 우모복도 그냥 입은 채였다.

태호는 코를 골며 잠들어 있었다.

"아따, 오늘 징하게 피곤했는갑네. 코까지 골면서 자는 걸 보니."

김홍빈 대장이 중얼거렸다.

"니들도 태호처럼 푹 자라. 오늘 고생했다."

김홍빈 대장이 침낭 안으로 들어갔다. 기영우 선생도, 다른 친구들도. 모두 얼굴까지 침낭을 끌어당겼다.

봉남은 비니를 귀밑으로 잡아 내렸다.

답답한 가슴 때문에 쉽게 잠이 오지 않았다. 입을 크게 벌려 숨을 '훅훅' 뿜어냈다. 산소가 희박하다는 것을 온몸으로 느끼고 있었다. 김홍빈 대장은 8,000미터급 산을 열한 번이나 올랐다고 했다.

'어떻게 참았을까?'

그때 김홍빈 대장의 코 고는 소리가 들렸다.

봉남은 고개를 돌렸다. 김홍빈 대장의 머리가 빼꼼히 보였다.

'도대체 왜 오르는 거지? 죽을지도 모르는 산을? 죽을 뻔한 설산을 기를 쓰고 오르는 이유가 뭘까?'

김홍빈 대장에 대한 궁금증은 여전히 풀리지 않았다. 직접 설산에 와 보니 다시 드는 생각이었다. 한국에서는 막연했던 것들이 좀 더 궁금해졌다.

아기, 파란 포대기에 싸여 있던 갓난아기. 봉남은 자신이 버려진 아이였다는 것을 중학교 때 알았다. 중학교 3학년 여름이었다. 학교에서 일찍 돌아온 봉남은 엄마가 일하는 미용실로 갔다. 자신도 엄마처럼 미용사가 되고 싶은 봉남이었다.

엄마는 미용사가 되려는 봉남을 말리지 않았다. 앞으로는 남자 미용사가 인기 있을 거라고 하면서. 학교가 끝나고 미용실로 가는 날은 머리 자르는 기술을 가르쳐 주셨다. 봉남이 미용실 안으로 막 들어가려고 할 때였다. 엄마와 아줌마 목소리가 문밖으로 삐져나왔다.

"자기, 봉남이 잘 키웠더라. 인사성도 바르고, 아주 명랑한 아이야."

봉남은 제 이름이 나오자 문 안으로 들어가려던 걸음을 멈추었다. 자신도 잘 아는 단골 아줌마 목소리였다.

"봉남인 아기 때부터 울지도 않고 애교도 많았어요."

"아기들도 본능적으로 아나 봐. 부모한테서 버려졌다는 걸 말이야. 그러니까……."

"언니! 그런 말 하지 마세요. 누가 들을까 겁나요."

"아, 아니. 난 그냥… 봉남이가 예뻐서 그렇지. 나도 봉남이 같은 아들 하나 있었으면 좋겠거든."

"언니, 자꾸 그런 말 하면 다음부턴 안 볼 거예요."

"알았어. 이제부턴 하지 않을게. 됐지?"

봉남은 움직일 수가 없었다. 발바닥에 자석이 탁 달라붙은 것만 같았다.

'버려진 아이였다고? 엄마가 우리 엄마가 아니라고? 아빠가 우리 아빠가 아니라고?'

봉남은 집으로 뛰어갔다. 안방으로 들어간 봉남은 장롱문을 열었다. 엄마, 아빠 사진첩에서 자신의 아기 때 사진을 찾았다. 친구들 집에 갔을 때 본 백일 사진을 찾았다. 없다. 1주년 사진, 2주년 사진, 3주년 사진. 돌 사진이 아닌 1주년 사진이었다. 예전에는 그냥 지나쳤다. 돌이나 1주년이나 같은 뜻이라고 생각했다.

'왜 돌이 아니라 1주년이지? 친구 사진은 돌 사진이었는데?'

초등학교 입학 사진을 봤다. 생각났다. 기창이네 아빠가 나와 엄마, 아빠를 보고 이 녀석은 누구 닮은 거냐고, 아무도 안 닮았는데 할아버지 닮았냐고 물었을 때 아빠가 허둥대던 모습이 떠올랐다. 손자를 귀여워한다는 할머니는 자신을 무릎에 앉힌 적이 없었다. 자신을 보고 웃지 않던 할머니가 무서웠던 기억이 떠올랐다.

봉남은 집을 뛰쳐나왔다. 목적지 없이 걷고 또 걸었다. 그날 밤 처음으로 집에 들어가지 않았다. 휴대폰은 꺼 놓았다. 머리가, 마음이 온통 뒤죽박죽 엉망이 되어 버렸다.

빈 건물 구석에 앉아 있던 봉남을 경찰이 찾았다.

봉남은 입을 다물었다. 방문을 꼭 닫아걸고 학교에도 가지 않았다. 엄마와 아빠는 불안해했다.

봉남이 마음의 문을 연 것은 김홍빈 대장을 만나고부터였다.

방 안에 틀어박혀 있던 봉남은 바람에 이끌리듯 보름 만에 학교에 갔다. 우연의 일치라고 해야 할까? 그날 김홍빈 대장이 학생들을 만나러 온 것이다. 김홍빈 대장은 열 손가락 없는 것을 부끄러워하지 않았다. 좌절에 빠진 삶에서 일어나게 해 준 것도 이 두 손이라고 했다.

봉남은 며칠 동안 생각하고 또 생각했다. 그리고 자진해서 희망 원정대에 신청서를 냈다.

봉남은 돌아누웠다. 김홍빈 대장의 말이 머릿속에서 맴돌았다.

'자신의 삶은 누가 만들어 주는 것이 아니여. 엄마나 아빠가 만들어 주는 것이 아니란 말이다. 스스로 만들어 가는 거제.'

봉남은 눈을 감았다가 뜨기를 반복했다. 깰 때마다 입을 크게 벌려 숨을 들이마셨다. 침낭이 부스럭거리는 소리가 들렸다. 다른 친구들도 잠을 자지 못하는 것 같았다.

'에이, 빨리 아침이나 되었으면…….'

봉남은 날이 밝기를 기다리며 눈을 감았다.

"야, 인나라! 해가 중천에 떴다."

김홍빈 대장이 소리쳤다.

봉남은 얼굴을 삐죽 내밀었다. 찬 공기가 방 안을 가득 메우고 있었다.

"벌써요?"

시후 목소리였다.

"뭐여? 해가 뜬 지가 언젠디."

봉남은 고개를 돌렸다. 준서 침낭과 태호 침낭은 비어 있었다.

"소하는 괜찮아요?"

시후가 침낭 밖으로 나오며 물었다.

"응. 인자, 안 아프다더라. 정소하, 의지가 대단한 놈이여. 느그들도 징한 놈들이여. 내가 오늘 니들 다시 봤시야. 나가 산에서 내려가믄 무조건 햄버거 쏠랑께. 인자 밥 묵으러 가자. 딴 친구들은 진즉부터 밥 먹고 있시야."

"아침을요?"

"아침까지 굶으믄 어떻게 되갔냐? 잘 묵은 놈이 잘 가야."

봉남은 무거운 몸을 침낭 밖으로 끌어냈다.

건물 밖은 온통 새하얗다. 새하얀 눈이 아침 햇살을 받아 반짝였다. 봉남은 눈길을 돌렸다. 하늘은 구름 한 점 없이 맑았다. 눈 쌓인 산맥들이 턱 하니 버티고 있었다.

'나를 낳아 준 엄마는 누굴까? 왜 버렸을까?'

봉남은 지워 버리려고 했지만 지워지지 않는 생모에 관한 생각 때문에 괴로웠다. 그럴수록 엄마에게 애교를 부렸다. 다시 버려지지 않기 위해 뭔가 과장하는 몸짓으로 말했고, 그럴수록 허기가 졌다.

'저 봉우리들, 항상 그 자리에 우뚝 솟아 있는 봉우리들, 우리 엄마와 아빠일지도 몰라. 맞아. 난 이미 변했어. 변했지만 변하지 않은 척하기가 힘들었어.'

봉남이 안나푸르나에 가겠다고 했을 때 엄마는 반대했다. 힘들다고, 위험하다고. 봉남의 고집을 꺾을 수 없던 엄마 얼굴이 떠올랐다. 불안해하던 엄마 얼굴이. 알 수 있을 것 같았다. 엄마가 반대했던 이유를. 안나푸르나 베이스캠프까지의 일정은 정말 힘든 여정인 것만은 틀림없다. 하지만 이젠 괜찮았다. 오늘이면 안나푸르나 베이스캠프까지 올라갈 수 있을 것이다. 지금까지 걸어온 길은 결코 단순한 길이 아니었다. 봉남은 자신을 둘러쳐 놓았던 보호막을 걷어 내기로 했다.

비로소 메스꺼움이 조금 사라졌다.

아침은 따뜻한 어묵 국물과 카레밥이었다.

"오늘은 다들 괜찮아 보이구마. 어찌, 참을 만허냐?"

김홍빈 대장이 일행을 보며 물었다.

"겨우 숨 쉬는 거 안 보이세요?"

태호였다.

"짜식, 이제 살 만하구마. 여그가 몇 미턴 줄 아냐? 3,700미터여, 3,700미터. 당연히 숨쉬기 힘들제."

"에이씨, 말이 안 통한다니까."

태호가 고개를 돌려 버렸다.

"커다란 바위를 짊어진 거 같아요."

은서였다.

"당연할 거여. 고도가 높응께. 자, 인자 안나푸르나 베이스캠프를 향해 출발허자."

일행들은 일어서서 밖으로 나왔다. 눈이 부셨다. 하얀 눈이 햇빛을 받아 반짝였다.

단단하게 무장한 일행은 선글라스를 끼고 스틱으로 땅을 찍으며 앞으로 나아갔다. 눈이 발목까지 차올랐다.

얼마 남지 않은 안나푸르나 베이스캠프를 향해 걷는 일행의 몸은 무거웠지만, 마음은 한결 가벼웠다.

이름은 그 자체로 힘을 가지고 있다

마차푸차레 베이스캠프(3,700미터) → 안나푸르나 베이스캠프(4,130미터)

일행의 걸음은 슬로모션처럼 느렸다.

한 발 한 발 내디딜 때마다 꼭 우주 위를 걷는 것 같았다. 일행의 숨소리가 주변을 메웠다.

헉! 헉! 헉!

기영우 선생도 한 발 한 발 내딛는 걸음이 꼭 커다란 돌덩이를 매단 것 같았다. 숨을 깊이 들이마셨다가 내뿜었다. 온몸이 힘들다고 말했다. 기영우 선생은 잠시 걸음을 멈추고 일행을 돌아봤다. 모두 고개를 땅에 둔 채 걷고 있었다. 힘이 최고라고 믿는 준서, 욕을 입에 달고 사는 태호, 뭔가 할 말을 찾아 애쓰던 봉남, 말없이 그냥 따라오던 시후, 냉정하고 깔끔한 은서, 어떤 생각을 하는지 알 수 없는 소하도 한 발, 한 발 내딛는 것이 힘들어 보였다.

하지만 이젠 힘들다고 떼쓰는 녀석은 한 명도 없었다. 뭔가 변화를 보이고 있었다. 기영우 선생은 학생들의 미묘한 감정 변화를 읽을 수 있었다.

'그래. 내 생각이 틀리지 않았어.'

기영우 선생은 힘들어하는 학생들을 보며 입꼬리를 올렸다.

처음 희망원정대를 꾸리고자 제안했던 때를 떠올렸다. 학생들과 함께 안나푸르나 베이스캠프까지 도전하고 싶다고 했을 때, 동료 선생들은 걱정스러운 듯 한마디씩 했다.

"십 대 녀석들이 4,000미터 산을 오를 수 있다고 생각하나?"

"도중에 녀석들이 사고라도 치면 어떡할 건데?"

"고산병으로 헬기를 불러야 할 상황에 빠지면 어떡하려고 그래? 헬기 한 대 부르는 데 중고차 한 대값이라는데."

"한 명이라도 다치면 그땐 자네 책임이야."

기영우 선생은 동료 선생들의 걱정하는 마음을 이해할 수 있었다. 하지만 계획한 만큼 시도해 보지도 않고 포기하고 싶진 않았다. 대학 친구인 김홍빈 대장을 믿었다. 김홍빈 대장은 히말라야 희망학교 희망원정대 팀을 꾸리는 데 적극적으로 도와주었다. 고마운 친구였다.

기영우 선생은 뒤에서 걷고 있는 김홍빈 대장을 봤다. 눈이 마주치자 김홍빈 대장은 떡심 좋게 웃었다.

'고맙다.'

김홍빈 대장, 자신을 믿고 도와준 친구. 기영우 선생은 김홍빈 대장이 있었기에 희망원정대를 꾸릴 수 있었다. 김홍빈 대장은 희망원정대 학생들을 무조건 믿으라고 했다. 학생들이 중간에 포기할까 봐 불안해할 때마다 학생들을 믿으면 된다고 했다. 녀석들은 어른들이 생각하는 것보다 강하다고 하면서……. 맞는 말이었다. 일진 '대빵'인 준서도, 욕을 밥 먹듯이 하는 태호도, 그림자처럼 혼자 다니는 시후도, 서로 어울릴 것 같지 않은 조합이었다. 그런데 이제는 서로 어울리고 장난도 치는 사이가 되었다.

'그럴 줄 알았어.'

기영우 선생은 다시 걸음을 옮겼다. 한 발, 한 발. 서너 발자국 걷다가 멈추었다. 포기하지만 않는다면 안나푸르나 베이스캠프에 도착할 수 있을 것이다.

힘들다.

숨을 쉬는 것도, 발을 내딛는 것도.

기영우 선생은 다시 숨을 길게 내쉬었다. 고개를 들었다.

푸르다.

청명했다. 새파란 하늘에서 하얀 구름이 커다란 고래를 만들었다. 돌고래가 물을 뿜었다. 기영우 선생에게 힘내라며 용기를 주고 있었다.

'그래. 힘내자.'

기영우 선생은 고개를 돌렸다. 멀리 떨어져서 걷는 은서와 소하, 연우가 눈에 들어왔다. 냉기가 흐르던 은서도, 습한 기운을 가진 소하도, 준서를 따라온 철부지 연우도 힘겹게 한 발 한 발 앞으로 걸음을 내디디고 있었다. 중간에 포기할 줄 알았다. 하지만 그건 기우였다.

학생들은 강했다. 어른들의 잣대로만 학생들을 보면 안 된다던 김홍빈 대장의 말이 맞았다. 학생들 각자의 개성을 보려고 해야 한다.

은서가 걸음을 멈추고 고개를 들었다. 기영우 선생과 눈이 마주 쳤다. 은서가 손을 올렸다.

"선생님!"

기영우 선생도 손을 흔들었다. 다른 친구들도 손을 들었다.

'녀석들.'

기영우 선생은 천천히 앞으로 나아갔다.

거북이가 자신의 집을 향해 느릿느릿 걸음을 옮기듯, 일행도 마지막 남은 목적지를 향해 발을 내디디고 있었다. 거북이걸음보다 더 느린 걸음으로.

서쪽 하늘에서 바람이 불어왔다.

차가운 바람은 일행의 뼛속 깊이 파고들었다. 일행의 입에서는 하얀 입김이 뿜어져 나왔다.

춥다.

하늘은 맑고 햇볕은 내리쬐는데 몸은 더욱 움츠러들었다. 그러다 보니 걷고 있지만 걷고 있지 않은 것 같았다.

태호는 비니를 얼굴 가까이 끌어당겼다.

"하ㅡ."

입에서 거친 숨과 하얀 김이 뿜어졌다. 태호는 고개를 들어 하늘을 올려다봤다.

"씨발."

마지막으로 발악하듯 내뱉었다.

"왜? 왜, 마음대로 안 걸어지냐고? 숨은 또 왜 내 마음대로 안 쉬어지냐고? 어휴, 힘들어."

태호는 안나푸르나 베이스캠프를 얼마 남겨 놓지 않은 곳에서 최악의 고통을 느끼고 있었다. 지금까지 느껴 보지 못했던 고통이었다. 엄청 두꺼운 쇠사슬에 꽁꽁 묶여 있는 것만 같은 고통. 하지만 지금의 고통을 이겨 내면 뭐든 할 수 있을 것만 같았다. 언제부터인지는 모르지만, 안나푸르나를 걸으면서 그런 생각이 들었다. 자신에게도 희망이 있을 것 같다는 생각.

태호는 온 힘을 다해 걸었다. 절대 포기할 수 없다는 마음뿐이었다. 늘 술독에 빠진 아빠 모습이 보였고, 아빠 폭력에 대항하지 않고 그대로 맞고 있는 엄마 모습도 보였다. 태호의 생활은 한마디로 고통 그 자체였다. 어렸을 때는 친구들도 모두 아빠에게 맞고 사는 줄 알았다. 아니었다. 자신이 심하게 맞고 있다는 것을 알았을 때 느낀 허탈감을 잊을 수가 없다.

아빠의 폭력은 결코 정당화될 수 없다는 것을 알고 나서도 태호는 저항하려고 하지 않았다. 더 큰 폭력을 부를지도 모른다는 두려움 때문이었다. 태호는 아빠에 대한 화를 자신보다 약한 친구에게 풀었다. 아빠와 겹치는 자신의 모습을 볼 때면 그 화를 참지 못했다. 결국 자포자기한 생활의 연속이었다.

그러다가 기영우 선생을 만났다. 그리고 바로 희망원정대에 참가하게 되었다. 아빠의 폭력에서 벗어날 수 있다는 생각 때문이었다. 안나푸르나를 오르면서 많은 생각을 하게 되었다. 폭력 앞에서 무기력했던 자신을 돌아봤다. 김홍빈 대장이 손가락 없는 손으로 활동하는 모습을 봤을 때는 부끄러운 생각이 들었다. 자신을 제대로 보지 않고 폭력을 행사하는 아빠를 미워하고, 무기력한 엄마를 욕하면서 살아왔던 자신이 부끄러웠다. 이제 부모 탓만 할 것이 아니라 자신의 삶을 찾고 싶었다. 아빠는 바뀌지 않을지도 모르지만, 자신은 아빠처럼 살 수 없다는 생각이 들었다. 아니, 자신을 찾아야겠다고 생각했다.

안나푸르나를 걸으면서 태호는 희망을 봤다. 나도 내 삶을 찾을 수 있다는 희망을.

하늘을 올려다보는 태호 얼굴에 웃음이 번졌다.

'나도 할 수 있어. 희망을 찾아가는 거야. 안나푸르나 베이스캠 프를 오르듯이 희망을 찾는 거야. 이보다 더 힘들겠나? 씨발! 이 젠 씨발도 끝이다.'

태호는 스틱 잡은 손을 위로 치켜들었다. 그러고는 큰 소리로 외쳤다.

"나에게도 희망이 있다!"

일행이 태호를 봤다.

"짜식, 뭐냐?"

봉남이 중얼거렸다.

"뭐긴 뭐겠냐? 희망을 찾은 거지. 넌 안 그러냐?"

준서가 봉남을 보며 물었다.

"나?"

"그래, 너. 넌, 이렇게 힘든 곳에 왜 온 거냐고? 뭔가 새로운 널 찾기 위해서 온 거 아냐?"

봉남은 자신 있게 대답했다.

"맞아. 나도 나 자신을 찾으러 왔지. 내가 바로 희망 그 자체라 는 걸 확인하러 왔어."

봉남도 스틱 든 손을 높이 들었다.

"나에게도 희망이 있다!"

봉남의 소리에 다른 친구들도 스틱을 높이 치켜들고 외쳤다.

"나에게도 희망이 있다!"

학생들의 함성이 안나푸르나의 눈 쌓인 들판으로 울려 퍼졌다. 힘이 났다.

봉남에게도 중간에 포기하고 싶은 마음이 없었던 것은 아니었다. 더는 걸어갈 수 없다며, 그 자리에 털썩 주저앉으려고 했다. 그때 태호가 외치는 소리에 잠에서 깨듯 정신이 번쩍 들었다.

봉남은 멈추었던 걸음을 옮겼다. 준서가 바로 뒤에 있었다. 봉남은 고개를 살짝 돌렸다. 준서와 눈이 마주쳤다. 준서가 입꼬리를 씩 올렸다. 봉남도 히히 웃었다. 봉남의 무거운 발걸음이 웃고 있는 듯했다. 벙실벙실.

봉남은 준서가 멀리서 보이기만 해도 피해 다녔다. 잘못 걸렸다가는 박살 난다는 소문이 친구들 사이에서 퍼져 있었기 때문이다. 준서와 말을 한 적은 없지만, 소문만으로도 가까이할 수 없는 친구였다. 하지만 희망원정대 훈련을 하면서 소문과는 다르다는 것을 알게 되었다. 알면 알수록 멋진 친구였다. 소문처럼 무서운 친구가 아니었다.

준서가 데우랄리에서 고산병으로 하산할 때는 '일진 짱도 어쩔 수 없구나.' 하는 생각이 들었다. 그런데 다음 날 다시 올라온 준서를 봤을 때, 역시 대단한 녀석이라는 것을 인정하지 않을 수 없었다.

봉남은 준서와 가까워질 수 있는 방법을 찾고 있었다. 그런데 준서가 자신에게 먼저 말을 걸어온 것이다. 그것도 봉남을 잘 알고 있는 것처럼.

'그래. 과거를 붙잡고 있지 말자. 내 삶을 사는 거야. 현재를 살아가는 거야. 미래를 살아가는 거야.'

봉남은 비로소 마음이 편해졌다.

'엄마가 보고 싶어.'

빨리 집에 가서 엄마가 해 주는 따뜻한 밥을 먹고 싶었다.

과거를 붙잡고 있던 생각에서 벗어나자 봉남의 걸음이 가벼워졌다. 아니, 마음이 가벼웠다. 걸음은 내 맘대로 앞질러 갈 수 없지만, 마음은 편했다. 그러자 숨을 내쉬기도 한결 쉬웠다. 땅에 딱 달라붙은 듯 잘 떨어지지 않는 발걸음이 전혀 힘들게 느껴지지 않았다.

"안나푸르나여, 내가 왔다. 이 허봉남이 왔다!"

봉남은 다시 한번 크게 외쳤다. 얼굴 가득 웃음을 머금고.

"안나푸르나여, 내가 왔다. 진시후가 왔다!"

시후가 스틱 든 손을 높이 치켜들고 환하게 웃었다.

"안나푸르나여, 내가 왔다. 배은서가 왔다!"

"안나푸르나여, 내가 왔다. 정소하가 왔다!"

안나푸르나 허공에 친구들의 외침이 울려 퍼졌다.

봉남은 친구들을 봤다. 힘들게 숨을 내쉬고 있었지만, 얼굴 가득 웃음을 머금었다.

봉남은 준서도 바라봤다.

"맞아. 난 또 다른 나를 찾고 있었어. 여기, 안나푸르나에서 나를 찾을 수 있다는 희망을 봤어. 넌 어때?"

준서는 말없이 몇 발자국 걷다가 걸음을 멈추었다.

"난 데우랄리에서 어퍼시누와까지 내려갔을 때, 그때 찾았어. 내가 왜 다시 올라왔는지 아냐?"

준서의 까만 눈동자가 구슬처럼 반짝였다.

"어퍼시누와로 내려가면서 엄청 화가 나 있었어. 왜, 나냐고? 나보다 약한 녀석도 많은데 왜 나한테 고산병이 온 거냐고? 그런데 순간 머릿속이 깜깜해지더라. 아무 생각도 안 나더라. 텅 빈 느낌, 그런 기분 처음이었어. 그러고 나니 할머니 얼굴이 떠오르는 거야. 말썽 부리는 날 끝까지 믿어 준 할머니 말이야. 아이들에게 주먹을 휘둘러서 경찰서를 들락거릴 때도 할머니가 경찰을 붙잡고 우리 손자는 그런 애가 아니라며 울부짖던 모습 말이야. 교장 선생님 앞에서, 학폭위 위원들 앞에서 울면서 매달리던 할머니 얼굴이 떠올랐어. 그땐 할머니가 비굴해 보이더라. 그래서 더욱더 나쁜 놈이 되기로 했거든. 철저하게 나쁜 놈으로 살기로 했어. 그런데 할머니는 내가 나쁜 놈이 아니래. 이게 말이 되냐?"

"아니."

봉남은 고개를 저었다. 그러면서 엄마 얼굴을 떠올렸다.

"할머니가 경찰서에서 날 데리고 집에 오며 뭐라는 줄 아냐?"

준서가 봉남을 보며 물었다.

"뭐라고 했는데?"

— 준서야, 난 널 믿어야. 지금은 아파서 그라는 기다. 우리 준서는 이겨 낼 수 있데이. 한 번씩 힘을 쓰고 싶을 때가 있니라. 걱정 말그라. 이 할미가 힘이 돼 줄 겨. 준서야, 배고프제? 이 할미가 우리 준서 좋아하는 잡채 해 줄게.

준서는 하늘을 쳐다보며 말을 이어 갔다.

"난 그때 컴컴한 산길을 내려가면서 생각했어. 말썽을 부리는 날 끝까지 믿어 준 할머니에게 그 믿음이 옳다는 걸 보여 주어야 겠다고. 그래서 포기할 수 없었어. 할머니 때문에 포기할 수 없었 지만, 나를 위해서도 포기할 수가 없더라."

천천히 내딛는 준서의 걸음이 더는 힘들어 보이지 않았다. 봉남 도 덩달아 한 발씩 한 발씩 앞으로 내딛는 발걸음이 왠지 가볍게 느껴졌다.

"몸과 마음이 따로 논다는 게 이런 건가 보다. 헉! 헉! 헉!"

시후가 중얼거렸다.

시후 옆에서 걷고 있던 소하는 시후의 발을 봤다. 등산화를 신은 발은 오로지 스틱에 의지한 채 앞으로 내디디고 있었다. 소하는 고개를 들었다. 푸르디푸른 하늘, 맑은 하늘이 짓궂어 보였다. 한 발짝 내딛기도 힘든데, 파란 하늘에 떠 있는 하얀 구름은 유유히 흐르고 있었다.

"맞아. 몸과 마음이 따로 노는 게 꼭 내 마음 같아."

소하는 걸음을 멈추었다. 시후도, 다른 일행도 모두 걸음을 멈추었다. 일행은 걷다가 멈추고, 걷다가 멈추기를 반복했다.

"인자, 얼마 안 남았다이. 500미터 정도 남았응께 조금만 더 힘내드라고."

김홍빈 대장이 일행을 보며 주먹을 들어 보였다.

안나푸르나 베이스캠프에서 하산하는 사람들이 조금만 더 가면 목적지가 있다고 했다. 안나푸르나 베이스캠프가 얼마 남지 않았다는 것을 알 수 있었다.

최종 목적지가 바로 눈앞으로 다가왔다.

그때였다.

맑고 파란 하늘에서 하얀 구름이 사라지고 저 멀리에서 검은 구름이 순식간에 몰려왔다. 검은 먹구름이 하늘을 덮었다.

"꼭 비 올 거 같아."

은서가 힘들게 숨을 내뿜으며 말했다.

"이렇게 추운데 비가 오겠냐? 눈이 오면 모를까."

태호 말이 끝나자마자 도토리만 한 우박이 떨어지기 시작했다.

후두두, 우둑, 두둑.

"우박이다!"

봉남이 소리쳤다.

"비도 아니요, 눈도 아닌 우박이라니!"

태호는 우박을 모두 받아 내기라도 하겠다는 듯이 양팔을 벌렸다. 우박이 얼굴을 때리기 시작했다. 꼭 돌덩이를 맞은 것처럼 아팠다. 친구들은 고개를 숙였다.

"야, 우박 맞으니까 기분 좋지 않냐? 우리 생각이 빗나갔잖아."

태호는 주먹을 불끈 쥐었다.

"나를 알고 있는 사람들은 날 보고 미래가 없는 놈이라고 하거든. 난 그 생각이 빗나갔다는 걸 보여 주고 말겠어!"

태호의 너부죽한 얼굴, 크고 뭉툭한 코, 열기가 오른 눈에서 결연한 의지가 보였다.

여우비처럼 우박이 그쳤다. 그래도 좋았다. 일행은 모두 안나푸르나를 가슴에 품었다.

회색 구름이 물러가자 해가 모습을 드러냈다. 햇살을 받은 마차푸차레 봉우리가 웅장한 모습을 드러냈다. 준서는 마차푸차레 봉우리를 뚫어지게 올려다봤다.

"무지개다. 무지개."

마차푸차레 설산 봉우리 위로 일곱 빛깔 무지개가 나타났다.

일행은 고개를 들었다. 마차푸차레 하얀 봉우리 위로 떠 오른 무지개는 아름다웠다.

"야, 니들은 행운아여. 안나푸르나에서 무지개도 보고… 마차푸차레 봉우리에 뜬 무지개를 본다는 거슨 하늘의 별을 따는 것보다 더 힘든 일이여. 내가 니들 덕분에 신들의 산 위에 뜬 무지개를 다 본다야."

김홍빈 대장은 무지개를 바라보며 말했다.

"무지개? 열 번도 더 봤지만 좋은 일 하나도 안 일어나던데요. 무지개 본 날 아빠한테 엄청나게 두들겨 맞았어요. 난 무지개 보면 행운이 온다는 말, 안 믿어요."

태호가 고개를 돌렸다.

"요번에는 믿어 봐라. 마차푸차레는 신들의 산이여."

"진짜 믿고 싶네요."

은서는 김홍빈 대장의 말을 믿고 싶었다. 진짜 행운을 주는 무지개였으면 좋겠다는 심정으로 기도했다. 자신의 길을 찾게 해 달라고.

김홍빈 대장은 마차푸차레 봉우리에 눈을 둔 채 꼼짝하지 않았다. 안나푸르나의 무지개는 선명했다. 그 어느 산에서 봤을 때보다 아름다웠다. 김홍빈 대장은 데날리에서 조난했을 때 본 무지개를 떠올렸다. 그때 데날리 봉우리 위로 뜬 무지개도 지금처럼 선명하고 아름다웠다.

김홍빈 대장은 일행을 보며 말했다.

"설산 등반을 하면서 딱 한 번 무지개를 본 적 있는디."

"딱 한 번이요?"

태호가 물었다.

"응."

"어디에서요?"

시후가 궁금하다는 듯 물었다.

"데날리 등반 때였는디. 데날리 정상 위에 무지개가 떴시야. 지금처럼 선명했제."

김홍빈 대장은 혼자서 데날리 등반길에 올랐던 기억을 더듬었다.

"진짜요?"

소하가 물었다.

김홍빈 대장은 옛 기억을 떠올리듯 하늘을 올려다봤다.

"1991년에 북미 최고봉인 데날리 등반 계획을 잡고 선배와 훈련을 하고 있었는디, 그 선배에게 일이 생기는 바람에 못 가게 돼 부렀어. 그때 얼마나 실망이 컸는지 아냐? 대학교 졸업하고 에베레스트와 낭가파르바트에 도전했지만 계속 실패했었응께."

"계속 실패했다고요?"

태호 눈이 동그래졌다. 못 믿겠다는 표정이었다.

"인마, 누구나 실패는 할 수 있는 거여. 그 실패를 어떻게 받아들이느냐, 하는 게 더 중요한 거제. 난 고민 끝에 혼자서 데날리 등반을 하기로 했던 거여."

"혼자서요?"

준서가 걸음을 멈추고 물었다. 태호도 걸음을 멈추었다.

"난 그때 데날리 등정에 꼭 성공하고 싶다는 생각뿐이었시야. 그땐 무서울 게 없었제. 산에 미쳐 있었응께. 그 누구의 말도 귀에 안 들어왔응께. 경비행기를 타고 해발 2,000미터 높이 설원에 내려선 이후, 빙하를 거슬러 4,200미터의 매킨리시티에 올라설 때까지 컨디션이 그 어느 때보다 좋았어. 선배 산악인들이 이틀은 쉬어야 한다고 했지만, 난 내 컨디션만 믿었제. 금방이라도 정상을 오를 수 있을 것만 같았으니께."

준서와 친구들은 김홍빈 대장의 이야기에 빠져들었다.

"체력이 다 돼 부런는디도 정상에 올라야겠다는 생각밖에 안 했어야. 난 한국 산악인들이 남기고 간 텐트가 있는 해발 5,700미터의 데날리 패스에서 쉬고 정상으로 갔제. 근디 돌아올 수밖에 없었어야. 다음 날도, 그다음 날도. 결국 조난하고 말았당께. 이젠 디져 부렀구나 했는디, 그때 데날리 정상에 무지개가 떴어. 데날리 정상 위로 뜬 무지개가 빛을 받아 아주 선명했는디 징하게 이뻤시야. 그라고 눈을 감았제. 근디 눈을 떠봉께 내가 구조되고 있드라."

"우와!"

일행이 함성을 질렀다.

"그때 그 무지개가 나한텐 행운의 무지개였던 거여. 내가 살 수 있다는 것을 갈쳐 준 거제. 그 뒤론 무지개를 보지 못했시야. 근디 그 무지개가 오늘 여기 떠 부렀네."

일행은 모두 마차푸차레 설산 봉우리에 걸린 무지개를 쳐다봤다. 일곱 빛깔 무지개는 햇빛을 받아 반짝였다.

연우는 준서를 봤다. 연우와 눈이 마주친 준서는 이를 드러내고 활짝 웃었다.

무지개를 쳐다보는 시후의 눈 흰자위가 빨개졌다.

'엄마, 죄송해요. 정말 죄송해요.'

시후는 그동안 엄마 얼굴을 떠올릴 때마다 고개를 세차게 흔들곤 했다. 시후 눈에 그려지는 엄마는 불길 속에 서 있는 모습이었다. 표정이 잔뜩 일그러진 채 빨간 불 속에 서 있는 모습.

지금 시후는 엄마가 보고 싶었다.

'엄마.'

희미해진 엄마 얼굴. 그런데 무지개 뒤에 얼굴이 나타났다. 일그러진 얼굴이 아닌 활짝 웃는 엄마 얼굴이었다.

"엄마."

시후의 두 눈이 반짝였다. 입꼬리를 올렸다.

"너, 엄마 보고 싶구나?"

소하가 시후를 보며 물었다.

"응."

시후의 짧은 대답. 소하는 시후의 활짝 웃는 얼굴을 처음 봤다. 천진하면서 귀여운 웃음이었다. 시후를 보는 소하의 입꼬리가 올라갔다. 소하는 주하가 보고 싶었다. 할머니와 할아버지도.

은서가 말했다.

"난, 나를 위해 살 거야. 내 삶은 그 누구의 것도 아니야. 내 거야."

"맞아. 우리 삶은 우리 거야. 우리 삶을 살아야 해."

소하와 은서는 서로를 보며 활짝 웃었다. 그때 김홍빈 대장이 일행을 보며 말했다.

"신들의 봉우리에 뜬 무지개를 본 니들은 운이 좋다. 운이 좋아. 자, 인자 다시 걸어야제. 안나푸르나 베이스캠프가 바로 저기 보인다."

"어, 어디요?"

봉남이 고개를 들었다.

"어딘데요? 안 보이는데요."

"저기 파란 점 보이지? 저기가 안나푸르나 베이스캠프야."

기영우 선생이 팔을 앞으로 쭉 뻗었다. 진짜 파란 점이 보였다. 하얀 봉우리에 둘러싸인 안나푸르나 베이스캠프였다.

사람들의 함성이 들렸다.

"와아!"

"안나푸르나 베이스캠프다!"

"안나푸르나여! 안녕!"

여기저기에서 들려오는 사람들의 고함이었다. 일행은 자신들도 안나푸르나 베이스캠프에 도착한 것만 같았다. 달려가고 싶었다. 하지만 달리기는커녕 한 걸음 놓기도 힘들었다. 그래도 얼마 남지 않았다.

"페이스 놓치지 마라. 자, 조금만 힘내자."

"네!"

히말라야희망학교 희망원정대 일행의 외침이 안나푸르나 베이스캠프 위로 날아갔다.

기영우 선생은 천천히 걸음을 옮겼다. 그 뒤를 일행이 따랐다.

한 걸음, 한 걸음.

안나푸르나 베이스캠프를 향해.

《베이스캠프》는 일곱 명의 청소년들 이야기입니다.

실제로 있었던 일을 바탕으로 창작한 글이지요. 폭력을 일삼는 최준서, 가정폭력에 시달리는 천태호, 자신이 버려진 아이였다는 사실을 알고 상실감에 빠진 허봉남, 엄마의 죽음이 자신 때문이라는 죄책감에 빠져 트라우마를 겪고 있는 진시후, 학교에서 1등만을 바라는 엄마와 갈등을 겪는 배은서, 자폐아인 동생을 책임지지 않으려는 부모로 인해 어른에 대한 불신을 가진 정소하, 최준서를 좋아해서 준서 따라 희망원정대에 참가한 하연우. 이들은 우리 주변에서 일상적으로 만날 수 있는 청소년들입니다.

이 아이들을 통해 청소년들의 성장통을 이야기하고 싶었습니다. 청소년들이 희망원정대 대원으로서 안나푸르나 베이스캠프로 향하는 동안 겪은 모든 것은 과거의 아픔, 현재의 갈등, 미래의 불확실성을 이겨 내면서 또 다른 희망을 찾아가는 여정이었기 때문입니다.

2018년 전남교육청에서는 학교에 적응하기 힘들어하는 학생, 학업 중단 위기에 놓인 학생 등 여러 가지 이유로 방황하는 학생들을 대상으로 광주전남학생산악연맹의 도움을 받아 '히말라야 희망학교' 프로그램을 진행했습니다. 161명의 학생은 3월부터 7월까지 매월 1박 2일간 이뤄지는 캠프를 5차까지 마쳤습니다. 두륜산을 시작으로 달마산, 월출산, 백운산, 지리산을 등반하면서 다양한 역할 체험, 팀워크, 갈등과 고민을 공유하는 상담 활동과 함께 위기 대처 능력을 길러 갔지요. 최종적으로 61명이 '안나푸르나 희망원정대' 대원으로 선발되어 1·2차 등반 훈련을 마친 후 2018년 10월 '안나푸르나 베이스캠프' 도전에 나섰습니다.

희망원정대를 이끌었던 김홍빈 대장은 당시 광주전남학생산악연맹 회장이었습니다. 그는 학교 밖 청소년들에게 '희망 만들기' 프로젝트를 진행하면서 광주전남학생산악연맹 후배들과 함께 청소년들의 희망원정대에도 온 힘을 기울였습니다.

김홍빈 대장은 데날리(6,194미터) 등반 도중 열 손가락을 잃고 난 후 2년간 실의에 빠져 생활했습니다. 폐인의 삶을 살던 중 선배가 내민 손을 잡고 다시 산에 오르기 시작하면서 희망을 찾았습니다. 그는 장애인 등반가로 세계 최고봉 14좌 등반을 목표로 삼고 삶의 변화를 시도했습니다. 그리고 차곡차곡 자신의 꿈을 실현해 나갔습니다. 하지만 안타깝게도 2021년 7월 해발 8,047미터의 브로드피크를 등정한 후, 하산 도중 실족사하고 말았습니다.

김홍빈 대장의 끝없는 도전 정신과 학생들에게 꿈과 희망을 찾아 주려던 뜻은 우리의 기억 속에 영원히 남을 것입니다. 이처럼 김홍빈 대장은 좌절의 삶에서 찾은 희망과 도전을 위기의 청소년들에게 배턴터치를 해 주고 떠난 것입니다.

자기 자신을 올바로 바라보기란 결코 쉬운 일이 아닙니다. 생각과는 달리 움직이는 몸과 마음을 어떻게 할 수 없어 방황하기도 합니다. 삶에서 중요한 청소년 시기를 어떻게 보내느냐 하는 것은 개인의 선택입니다. 그 시기에 겪는 다양한 체험은 실패를 두려워하지 않고 도전하는 힘을 기르게 합니다. 또한 여러 친구와의 만남은 주변을 돌아보고 다른 이들의 아픔을 보듬어 주는 포근한 가슴을 지니게도 하지요. 자연과 호흡하고 더 큰 세상으로 나아가 꿈을 펼칠 수 있는 '당당한 내'가 될 수도 있습니다.

대한민국 청소년들에게 힘찬 응원을 보내고 싶습니다.

현정란

현정란

어린이책 문화활동가로 20여 년간 활동하면서 동화를 쓰기 시작했습니다. 어릴 때부터 읽은 책이 중요한 시기에, 중요한 결정을 할 때 방향을 잡아 줄 뿐 아니라 희망과 도움을 준다고 생각하며 글을 씁니다. 현재도 관심 분야를 취재하면서 부산에서 글을 쓰고 있습니다.

2017년 7월 첫 장편 동화 《하늘 연못의 비밀》을, 그 후 청소년소설 《버디》, 인물로 만나는 부산정신 시리즈 중 하나인 《최천택》을 썼고, 2021년에 역사 장편 동화 《사비성 아이》를 썼습니다.